大活字本シリーズ

雷神の筒

山本兼一

《下》

埼玉福祉会

雷神の筒

下

装幀　巖谷純介

十八

織田信長《おだのぶなが》が、初めて美濃《みの》に侵攻して、六年がたった。そのあいだに、信長は、拠点を清洲《きよす》城から小牧山《こまきやま》城に移し、虎視眈々《こしたんたん》と美濃を狙《ねら》っている。

橋本一巴《はしもといっぱ》は、片原一色《かたはらいしき》の館《やかた》で、悠々と生きていた。

百姓をしている。土を耕し、ものを実らせることが、じつにたいへんなのだと初めて知った。人は土から生まれ、死んで土に還《かえ》るのだと思った。

鉄炮《てっぽう》はときに放つ。

里の水路で鴨《かも》を狙い、藪《やぶ》に雉《きじ》を撃《う》った。腕はますます冴《さ》え、けっしてはずさない。鳥の羽根をむしると、あやが鍋《なべ》で煮付けた。命の滋味が、一巴に力をあたえた。

八月のある日、片原一色の館を、木下藤吉郎秀吉《きのしたとうきちろうひでよし》がたずねてきた。

「墨俣《すのまた》で鉄炮衆を差配してほしい」

というのである。

「わしは、御屋形《おやかた》様から疎《うと》まれておる身。わしなどが出ていけば、おみゃあのおぼえが悪うなるがや」

断ったが、秀吉は執拗《しつよう》だった。

「おみゃあさま、かねて、鉄炮は天下万民のためと唱えておりゃあしたな」

足軽頭《がしら》だったこの男に、そんな話をしたかどうか、覚えていなかったが、それはたしかに一巴のことばだ。

「たしかに」

「されば、お出ましなされよ。お出ましにならねば、無闇《むやみ》と人が死にますぞ。尾張《おわり》の者も、美濃の者も、戦いが長引けば、血を流す者が増えるばかり。わしも、人が死ぬのは、嫌いなたちでな。合戦などはさっさと終わらせるのがいちばんよい」

日を置いて、二度、秀吉がやってきた。

三度目に来たとき、一巴はたずねた。

「なぜ、そこまでそれがしに礼を尽くしてくださる。昔ならいざ知らず、いまは、鉄炮の上手《じょうず》が増えた。頭となって差配できる者は、ほかにもあるであろう」

秀吉が首をふった。

「いや、鉄炮放ちのだれにたずねても、こんどの墨俣攻めを差配できるのは、そなたしかおらぬという。たしかに、おみゃあさんは、命などいらぬげで頼もしい。墨俣で死んでほしい」

小柄な秀吉が、まっすぐ一巴の目を見つめている。この男こそ、命を捨ててかかっている。そこにすがすがしさを感じた。一巴は深くうなずいた。

「お手伝いさせていただこう」

「ありがたや。それに、ぜひにそなたをというのは、ほかならぬ御屋形様の御名指《なざ》しじゃ」

人をとろかすほどの秀吉の笑顔に、一巴は騙《だま》された気分だった。

生駒《いこま》屋敷には、こんどの美濃討ち入りの大将である秀吉と蜂須賀小六《はちすかころく》、前野長康《まえのながやす》らがいた。本丸の座敷で、墨俣一帯の地図をかこんでの軍議がはじまった。

墨俣は、斎藤《さいとう》氏の本拠稲葉山《いなばやま》城まで三里足らず、大垣《おおがき》の城から一里余り、尾張勢が美濃を奪うためには、なんとしても確保しなければならない橋頭堡《きょうとうほ》である。

地図を睨《にら》んでいた一巴は、思わず呻《うめ》いた。

「死地でありゃあすな」

そこは、美濃へ進撃するための真正面にあるのだ。木曾《きそ》川の支流が入り組んでいるため、敵地を突破してそこまで行かねばならない。

「なんじゃあ、死地というのは？」

小六がたずねた。

「戦場には九地がある。兵の四散しやすい散地《さんち》もあれば、諸国の街道が交差する交地《こうち》、進退がしづらい重地《じゅうち》もある。とっとと戦わねば死んでしまうのが死地だがや」

一巴は腕を組んで地図をながめた。そこがじぶんの死に場所かと思った。

「しかし、こちらは、墨俣を押さえぬかぎり、けっして美濃は狙えぬ」

秀吉がむずかしい顔をした。

「美濃にしてみれば、ここを取られれば、喉笛《のどぶえ》に刀を突きつけられたも同じじゃ」

生駒親正《ちかまさ》がつぶやいた。ちかごろは、父に代わって親正が生駒の家を仕切っている。

「このたびの美濃討ち入りにあたっては、すでに、蜂須賀党、前野党にて、用材、用具の準備がととのっておる。運ぶのは、二間《けん》半（四・六メートル）の長い丸太が二百五十本、一間半（二・七メートル）の丸太が一万三千五百本。これを上流の八曾《はっそ》から筏《いかだ》を組んで流し、松《まつ》倉《くら》で集めて綱を解く」

松倉は、木曾川の分岐点だ。そこから、本流は南西へ、支流は西に流れてゆく。支流は細いので、筏が流しにくい。

「松倉からは、犬山《いぬやま》の川舟五十六艘《そう》、草井《くさい》の川舟三十八艘で長材を運ぶ。べつに田舟が百二十八艘ある。短材はこちらに積むが、数が多くて載せきれぬ。その分は、人足が肩で担ぐことになる。それを鉄炮衆で護衛してほしい」

「人足はぜんぶで何人だ」

「蜂須賀、前野の船頭、人足、大工、それにわしの手勢を合わせて二千人」

「みな丸腰だでや」

小六が天井をあおいだ。以前、柴田勝家《しばたかついえ》がやったときは、人足が二千人以上殺されている。考え込むのがあたりまえだ。

小六とは、生駒家の荷駄隊でしばしば同道した仲である。小六も鉄炮に目をつけたのが早かった。頼りになる男だが、小六もまた信長に疎まれている。ここらで一働きしておかなければ、尾張に居づらいとつぶやいた。

夜間の隠密行動である。ただの鉄炮上手だけではつとまらない。粗《そ》忽者《こつもの》がまじっていると、闇に怯《おび》え、味方を撃ってしまう。昼間は、たえまなく激しい敵の襲撃にさらされるはずだ。精鋭の鉄炮衆でなければ、とてものこと持ちこたえられまい。

七十五人の鉄炮衆は、信長から借りる。

一巴なら、尾張の鉄炮放ちから、絶大な信頼がある。死を厭《いと》わない。しかも、信長に嫌われている――。死地に赴くこれ以上の人選はあるまい。

詳細な打ち合わせがまとまった。

「では、九月十一日の夜、鉄炮衆は小越《こごし》に集まっていただきたい」

小越は、墨俣へのもっとも重要な渡河地点だ。

うやうやしく頭を下げた秀吉は、死と生の隘路《あいろ》を駆け抜けて、光明をつかもうとしているように見えた。一巴は、そんな男が嫌いではない。

十九

九月十一日の夕刻から、小糠雨《こぬかあめ》が降りはじめた。

「強く降らねばよいが」

木曾《きそ》川小越《こごし》の岸辺で、弟の吉二《きちじ》が、つぶやいた。

雨は鉄炮《てっぽう》の敵だ。桶狭間《おけはざま》の奇襲では、突然の豪雨のため、ついに一発の玉も放てず、橋本一巴《はしもといっぱ》は口惜《くちお》しい思いをした。

「兄者の火縄はとろくさいゆえ、すぐに消えてしまうがや。わしのは、消えやせんで」

末弟の志郎《しろう》が、吉二をくさした。失った左目に黒い膏薬《こうやく》を貼《は》っているのが自慢げだ。

今回の出撃は、三人の弟を組頭《くみがしら》にすえた。どのみち生きて帰れぬ戦いである。よその家の者を死なせたくない。

「なにがとろくさいか。火縄など塩硝で煮るだけだがや」

「煮るにもころあいっちゅうもんがある。兄者は、なにごとにもころあいを知らぬから、火縄ばかりではない、女にもしくじるがや」

火縄は塩硝を溶かした湯で木綿の縄を煮てつくる。塩硝が多すぎれば燃えるのが早すぎ、少なければ途中で火が消える。

吉二には嫁がいるが、ついこのあいだ、若い後家に手を出して手痛く振られたばかりだ。からかわれて腹を立てている。

「そんなことは関係なかろう」

「おみゃあら落ち着かんか。つべこべ言うとる暇があったら、糞《くそ》して眠っておけ」

一巴の叱責《しっせき》に、若い鉄炮放ちが笑った。

「糞でありゃあすか」

新参者の喜一《きいち》だ。

「おみゃあは、こたびが初陣《ういじん》だったな」

「へぇ。さようでありゃあす」

「玉を腹に喰《くら》うと、糞を垂れて死ぬ。糞まみれで死にとうなかったら、心おきなくすましておくことだ」

あばたのある喜一の顔がこわばった。

「わしも、糞にまみれて死にかけたことがあったが、嫁御が介抱してくれたおかげで、命拾いした」

「けっ、また兄者の嫁自慢か」

吉二が聞きたくもないという顔で、そっぽを向いた。

出撃を前に、だれもが緊張している。目のとまどいを見ればそれがわかる。

戦いへの勇猛な決意と、死への諦観《ていかん》がないまぜになっている。わざと磊落《らいらく》にふるまっている者も、じつは怯《おび》えている。

「ああ、いくらでも自慢するがや。うちの嫁御は、それはそれはええおなごでな、昨夜《ゆうべ》も盛大によがらせてやった。喜一は昨夜女を抱いたか？」

一巴がたずねた。合戦の緊張をほぐすには女の話がいちばんだ。

「へぇ……」

「そりゃえぇ。遊び女《め》か」

「いえ、夜這《よば》いをかけました」

「そうか。ええ女か？」

「そりゃもう別嬪《べっぴん》でありゃあす。天にも昇りそうな声ですがりつきました」

「けっ、まことは、八十のおばばじゃろ」

喜一の陣笠《じんがさ》を、吉二が樫《かし》の指揮杖《しきじょう》で叩《たた》いた。

「とんでもない。十六の小町《こまち》でありゃあす。へへ。手を洗っておりませぬゆえ、指にまだ匂《にお》いが……」

「ちっ、ええかげんにせい」

吉二が、本当に口惜しそうな顔をしたのでみなが笑った。

「いくさに行くちゅうたら、かならず帰って来てくれと泣きつかれました」

「そんな女がおれば生きて帰れる。こたびは手柄のなんのは一切無用。首なんぞ取らぬでよい。ただただ、人足を守って墨俣《すのまた》に砦《とりで》を築くのが眼目じゃ。よいな」

「万端承知じゃ」

男たちが大声をあげてうなずき、女をよがらせた話でまたひとしきり盛り上がった。

真夜中の木曾川は、靄《もや》に覆われていた。陰暦九月のことで、降りつづける霧雨に、からだが冷えきっている。

すでに、丑《うし》の刻（午前二時）をまわっているはずだ。すこしまえに合図ののろし玉が上がった。靄がかかっているので赤い光は見えなかった。火薬のはじける音で、それと知れた。

「来たようでありゃあす」

わずかな水音に、喜一が耳をそばだてた。

闇《やみ》の水面《みなも》を、舟の気配がやってくる。いくら押し殺していても、人の気配は消しきれない。

「後《ご》の衆だがや」

搬送作戦は、蜂須賀小六《はちすかころく》が立案した。

材木搬送前に、まず乱波《らっぱ》たちが墨俣の村に潜入する手はずだ。すでに昨日のうちに、先《せん》の衆が、念仏僧や陰陽師《おんみようじ》、針売り、浪人、山伏、野菜売り、百姓、小間物行商人などに変装して、墨俣の村に潜入している。

それに続くのが、角《かく》、飛《ひ》、乱《らん》、後の乱波衆である。

それぞれの部隊が五十人から七十五人ばかり。総勢三百人以上が、のろしを合図に村に火を放ち、美濃《みの》方の砦に夜討ちをかける手はずだ。

一巴がひきいる鉄炮衆は、蜂須賀党の乱波衆につづいて出撃する。

この小越で木曾川を渡り、墨俣まで敵地を二里駆ける。

途中、乱波たちは、敵の砦を焼き、百姓家から米を略奪する。持参しているのは、腰につけたわずかの干し飯《いい》だけだ。

後の乱波たちが対岸に渡りきると、空き舟がもどってきた。一巴と鉄炮衆がわかれて乗り込んだ。

「あちこちに沼や小川がある。火縄を濡《ぬ》らすな」

一巴は念を押した。

鉄炮衆は、各自が鉄の火縄入れをさげている。川にはまって火縄を消す鉄炮衆は、ただの間抜けだ。鉄炮の火皿には布と油紙を巻き、濡れないように保護してある。大きめの陣笠をかぶっているので、多少の雨なら射撃できる。

舟のうえで喜一が鉄炮を抱きしめている。

「ゆうべの別嬪と、どっちが愛《いと》しい」

一巴がたずねると、喜一がうなずいた。

「いまはこっちのほうが、よほど可愛《かわい》い」

舟に押し殺した笑いが起きた。泣いても笑っても、戦いは始まる。ならば、笑っていたほうがいい。

「いつもの合戦とはちがう。人足どものなかには、敵の襲撃に怯えて、逃げ出す者もいるであろう。全軍への指令じゃ。見つけたら斬《き》り捨てよ。人足に無駄な玉はつかうな」

念を押して、舟を降りた。川原の泥に足をとられそうになった。一巴も自分の鉄炮を抱えている。闇のなかに、火の手が上がっている。薄ぼんやりと道が見えた。

畑と藪《やぶ》の多い一帯である。ところどころで燃え上がる百姓家を目印に北へ駆けた。ときおり、鉄炮や弓を射かけられたが相手にしなかった。そのまま懸命に駆け抜けて墨俣の岸辺に出た。

長良川《ながら》をはさんだ向こう岸に、盛大な火の手が上がっている。美濃方の砦だ。

手はずどおり、鉄炮衆は一列にならんだ。膝撃《ひざう》ちにかまえ、いつでも火蓋《ひぶた》が切れる。ひたひたと恐ろしいものが迫ってくる気がした。自分など虫けら。簡単に殺されてしまう――。

「まこと死地だ……」

「なんでありゃあすか？」

喜一がたずねた。

「とっとと戦って勝たねば殺されるということだ」

一巴も鉄炮をかまえた。

闇のなかで待っていると、長良川を下ってくる舟の気配があった。

「前ッ」

物見が声をかけた。鉄炮衆が闇に向かって筒をかまえた。

「後ッ」

合い言葉に安堵《あんど》して、筒をおろした。

材木を舟から降ろす音がする。闇のなかで、丸太のぶつかる音、転がる音だけが聞こえている。つぎつぎと舟が到着した。

空が白みはじめた。作業が延々とつづいている。薄明の川原に、数百本の丸太が積み上げられていた。

「人足どもも、なかなかやりおる」

吉二がつぶやいた。午《ひる》までにすべての短材を、夕刻までにすべての長材を、この場所に積み上げる段取りである。

「なにしろ、馬防柵《ばぼうさく》を千八百間《けん》（三二七六メートル）もめぐらせるでや。命をかけて踏ん張ってもらわねばならん」

人足たちの最初の仕事は、まず、外周にぐるりと馬防柵をめぐらせることだ。

砦は八十間（一四六メートル）四方の大きさに築く。

周囲に、深さ一間半、幅二間の堀を掘り、内側に高さ一間の土居《どい》を搔《か》きあげる。その上にも柵を立てる。

土居のうちに高塀《たかべい》をめぐらせ、二階建ての高櫓《たかやぐら》を五棟、長屋の平《ひら》櫓《やぐら》を三棟建てる。

ここまでを三日で造りあげるというのが木下秀吉《きのしたひでよし》の計画である。

用材はすでに刻んである。材木を組み立てているあいだ、敵の攻撃を防ぎきれるかどうかが、生死の分かれ目だ。

防げば生きられる。防げなければ殺される――。

その単純な論理が小気味よい。

合戦に臨んでも、もはや一巴の血は滾《たぎ》らない。むしろ冷えていくのを感じている。戦場に立つ自分のなかをどうさがしてみても、手柄を立てたいなどという欲は見つからない。人のために生きているつもりだったが、なんのことはない。自分のために生きている。それが人だと諦《あきら》めてもいる。

戦って生きる――。

戦って死ぬ――。

どちらでもよいことだと思えてきた。

そのことに格別の意味はなかろう。小鳥が蟲《むし》を喰《く》い、鷹《たか》が小鳥を貪《むさぼ》るように、人は戦って生き、戦って死ぬ。六年間、片原《かたはら》一色《いしき》の村で、田を耕しているうちに、そんなことを考えるようになった。

天地のあわいに露の滴《しずく》のごとく生まれ落ちた命だ。芋の葉が大きく揺らげばあちこちに転がる。精一杯もがいて、死ぬまで生きていたい。

まだ薄暗いなか、大工たちが馬防柵を立てはじめた。穴を三尺（九一センチ）以上掘って、丸太を立てる。石くれと砂利の多い川原に三尺の穴を掘るのは、なまなかの作業ではない。

朝靄を切り裂いて、長良川のむこう岸から美濃兵が鉄炮を撃ちかけてくる。

人足の玉よけに竹束が立ててある。この日のために考えた工夫だ。

板でも試したが、竹束が玉をはじきやすく、軽く運びやすいから便利でよい。

鉄炮衆は、積み上げた材木を玉よけにして射撃した。

「これは、いい」

思わずつぶやいたほど大きな効果があった。

筒先を材木にのせて構えれば、照準が安定する。ずっと遠くの敵でさえ正確に撃ち倒せる。じつは、こんな簡単なことで射撃の精度は格段に向上するのだ。

硫黄《いおう》の匂いを嗅《か》ぐうちに、一巴はこころがさわさわ波立つのを感じた。

——おれは、戦場が好きなのか。

自問したが、わからなかった。戦場の緊張感は、ここちよい。けっして嫌いではなさそうだ。

明るくなるにつれ、敵が川舟を出して渡ってきた。鉄炮と弓を放ちつつ、ひたひたと攻め寄せてくる。川向こうのどよめきが、数万人の怒声に感じられる。

川岸に舟が着き、美濃の鉄炮衆が上がってきた。舟を岸に引き上げ、その陰から撃ちかけてくる。狙《ねら》いは正確で、こちらの人足が何人も倒れた。

「あそこだ。あやつらを、狙え」

一巴が吉二に命じた。

「任せておけ」

吉二が、材木の上に立ってかまえた。

「立つな。すわって放て」

「けっ。兄者は、雑賀孫市《さいかまごいち》との性根《しょうね》くらべを、しきりに自慢しておったではないか。わしとて、あんなひょろひょろ玉には当たらぬわい」

火蓋を切って吉二が玉を放つと、舟の陰の敵が倒れた。

「どうでや。わしの鉄炮は、よう当たるがや」

「わかった。よう当たる。材木の陰から放つがよい。無茶をするな」

「けっ、兄者は浮野《うきの》で大怪我《けが》をしてからというもの、すっかり臆病風《おくびょうかぜ》に吹かれておるのう。それとも年を喰って命が惜しゅうなったか」

吉二は、材木の上で立ったまま悠然と玉を込め火皿に口薬《こうやく》を盛っている。敵の玉が風を切ってかすめていくのをあざ笑っている。

火縄をつがえ、火蓋を切って引き金をしぼる。盛大な炸裂《さくれつ》音がとどろくたびに美濃の兵が血を噴いて倒れた。

「ひゃっほぉ。百発百中とはわしのことだがや。わしは射撃の名人として天下に名を轟《とどろ》かせてくれよう。ほうれ、美濃の衆、天下一の鉄炮放ちに当ててみやれ」

吉二が大音声《だいおんじょう》をあげた。

美濃勢もよい鉄炮をそろえている。ひっきりなしに炸裂音がとどろき、玉が飛んでくる。

「船の上とはちがう。昔より鉄炮がようなった。数が増えた。わしは臆病でもなんでもよい。吉二、すわって放て」

一巴が材木に登った。無茶な弟を引きずりおろさねばならない。

「へっ。兄者は、わしの大胆不敵に恐れ入ったか」

「ああ、恐れ入ったとも。おまえはつわものだ。さあ、この陰にはいれ」

腕をつかんだとき、吉二の顔がゆがんだ。

「どうした？」

「い……」

と、口を曲げてそのまま倒れ込んだ。

「痛《いて》え……」

桶側胴《おけがわどう》の脇《わき》に穴が開いていた。血が噴き出している。材木の陰におろして抱きかかえると、おびただしい血が一巴の膝を濡らし川原の石を真っ赤に染めた。

「しっかりしろ」

「……兄者より……、強いか……」

桶側胴をはずし、麻の襯衣《はだぎ》を裂いた。左の脇腹から飛び込んだ玉は、腑《はらわた》をぐしゃぐしゃにひきずり、右の腹を大きく破って飛び出していた。

「い……、痛いがや……」

顔が苦悶《くもん》にゆがんでいる。

鉛の玉を腹にくらっていれば、どんなに手を尽くしても、けっして助かることはない。幾日かは生きながらえたとしても、結局、もがき苦しんで死ぬだけだ。

「楽にしてやる。いま、極楽に送ってやる」

脇差《わきざし》を引き抜いて吉二の喉《のど》もとに当てた。首筋の太い血の道を切り裂けば、たちまち極楽に行ける。

吉二の顔が、わずかに曇った。

「いやか？　いやなのか？」

ちいさくうなずいた。

「……わかった」

一巴は、吉二の鉄炮を手にした。

「これだな。これで往生したいのだな？」

吉二が泣きべそをかいた顔でうなずいた。頬《ほお》にたくさんの涙が流れている。痛みに顔がひきつっている。まだ子どものころ、兄弟喧嘩《げんか》をして殴りつけると、よくそんな情けない顔をしたのを思い出した。

——おれは、橋本の棟梁《とうりょう》として、弟たちになにをしてやったのか。

悔しさばかりがこみ上げてきた。

いまできることはひとつしかない。

「極楽におくってやる。マリア観音様が、極楽に連れていってくれる」

一巴は、吉二を丸太の山にもたれさせ、鉄炮に玉を込めると、筒先を額に当てた。

吉二がかすかに笑った。

「南無マリア観世音菩薩《ぼさつ》。吉二を極楽にたのむでやぁ」

大声でそう呼ばわり、引き金をひいた。

いつもは華々しくとどろく鉄炮の音が、寂寞《じゃくまく》と悲しげにひびいた。世の中のすべてが凍りつくほど淋《さび》しい音だった。

午《ひる》ちかくなると、援軍が駆けつけたらしく美濃衆の攻撃がひときわ激しくなった。

間断なく鉄炮の玉が飛んでくる。舟で漕《こ》ぎ渡った兵が岸に上がってくる。

穴を掘り、丸太を立てている人足が玉に倒れ、血を噴いた。

十人、二十人とまとまった美濃兵が、刀を抜いて突っ込んでくる。

立ちすくんで吶喊《とっかん》できず後ずさって逃げた足軽がいた。物頭《ものがしら》が刀で突き殺すのが見えた。

逃げる者は殺される。

美濃衆にとっても、尾張《おわり》衆にとっても、ここが死地だ。

人足たちは、黙々と丸太を運びつづけている。膨大な丸太がつぎつぎと流れてくる。川で撃たれる者、肩に丸太を担いだまま倒れる者が続出した。後戻りはできない。人足たちは、最後の一本まで丸太を運びきるしか生きる道がない。

鉄炮玉に当たり、人足、大工が大勢斃《たお》された。

一日目の夕暮れまでに死んだ者十二人。大怪我をした者十八人。腕一本なくすくらいの軽い怪我は数もわからない。

それでも日没までに、とにもかくにも、すべての材木を川から運び上げた。柵が立ち、堀と土居が形になりつつある。

西の空が茜《あかね》色に染まり、薄暗くなって銃声がやんだ。

静けさが、みょうに肌にねばりついた。口をきく気にならない。

飯の匂いがただよった。炊き上がったばかりの飯の香りは生きていることのなによりの証《あかし》だ。

「おみゃあら死ぬなよ。死なぬように気をつけてくれや」

一人ずつに声をかけながら、秀吉が兵や人足のあいだをまわっている。笊《ざる》に盛り上げた大きな握り飯を配っている。

秀吉が一巴に握り飯をさしだした。鉄炮衆や人足にむけていた笑顔とは、まったくちがう真顔を見せた。

「一巴殿は、ここで死んでくりゃあすな」

「もとより、そのつもり」

握り飯をうけとり、あらためて秀吉をながめた。

小柄だが、全身に力が漲《みなぎ》った男だ。具足は泥だらけ、汗まみれ。肉体は疲弊しきっているのに、生き抜かんとする強靭《きようじん》な意志が、骨格を支え、筋肉を動かしている。浮浪児同然の暮らしから這《は》い上がってきた男だと聞いている。野心の強さは並大抵ではあるまい。

――この男も、渦を巻き起こしている。

織田信長《おだのぶなが》という大きな渦のまわりで、いくつもの渦が巻き起こる。渦は加速し、拡大する。どんどん膨れあがって人を殺す。

「おまえさんも、渦だな。人と物を巻き込んで暴れ回る」

意味がわかったのか、わからなかったのか、秀吉がうなずいた。

「わしらは暴れてなんぼだがや。命を賭《と》さねば、なにも手に入らぬ。

城持ちの家に生まれた橋本殿とは生きることの根っこがまるで違《ちご》うておる」

淡々とした言い方に、気負いがなかった。ひたひたと生きる男の強さを感じた。

一礼した秀吉は、横にすわっている喜一に握り飯をわたした。

「若いな。いくつだ」

「十六でありゃあす」

「そうか。手柄を立てよ。さすれば、出頭《しゅっとう》できる。わしは、ただの足軽頭《がしら》にすぎぬがな。ここに城ができれば、わしの城でや。わしが大将だがや。おまえの働きがよければ、鉄炮の頭にもしてやるぞ」

「まことでありゃあすか」

喜一の顔が輝いた。

「なぶりなさんな。まだ童《わっぱ》だ」

「童ではありゃあせんでや。女にも惚《ほ》れられておるでや」

喜一が胸を張った。

「そうか。おみゃあに惚れた女がおるか。うらやましいのう。よう働いて、褒美《ほうび》をもらい、女を喜ばせてやれ」

そういって笑うと、秀吉はまた次の男に握り飯をわたした。

——秀吉という男は……。

人のこころを知り抜いている。足軽一人ひとりに声をかけて握り飯を手わたす頭はいない。握り飯ひとつでも、男は命を捨てる。

弟吉二の骸《むくろ》は、川原に横たえてある。ここには、死者にかける筵《むしろ》がない。十二の骸が、石ころの上に行儀よく並んでいる。

一巴は、骸に握り飯をそなえた。線香の代わりに火縄を灯《とも》した。

すでに闇のとばりが降りている。なにを祈ってよいのか、一巴にはわからなかった。


陽《ひ》がとっぷり沈んでから、大工たちが仕事に取りかかった。空を覆っていた雲が晴れ、十二夜の月が出ている。ちぎれ雲がときおり月を隠すが、風が吹き飛ばし、また、すぐに明るくなる。

大工たちの仕事ぶりは、みごとだった。十人の棟梁が、大工と人足たちを機敏にはたらかせている。

見ているうちに柱が立ち、梁《はり》がかけられた。砦の四隅と中央に櫓《やぐら》を建てるのだ。その真ん中に館《やかた》と大きな寝小屋を三棟建てる。月明かりのなか、作事は着々と進んだ。

静かな夜だ。虫がしきりと鳴いている。

「警戒しておけ。寝るのは交代だ」

あちこちを見回りながら、一巴は、吉二のことばかり思っていた。自分が引き金をひいて弟を殺したのである。引き金の感触をあんなに粘っこく感じたのは初めてだった。

橋本の家には、姉妹もいたが、遊ぶのは男四人の兄弟だった。子どものころは、弟が生意気な振る舞いをすると、兄の権威をふりかざして殴りつけた。殴られた弟たちは、兄を怨《うら》んでいただろう。

「気になるか」

志郎が、一巴の苦悶を感じ取ったらしい。

「深く考えぬがよかろう。吉二は、極楽に往生した」

あの死に顔は、地獄で見かけた顔だ。とても、極楽に行ったとは思えない。

それでも、一巴は考えの蓋を閉じることにした。

ここは戦場だ。自分は鉄炮衆の頭だ。なによりも仲間が生きることを考えなければならない。

冴《さ》えた月が、墨俣の草地を照らしている。人が群がり、砦を築いている。尾張衆は、ここに砦を築かねば美濃が取れない。生きられない。

なんのために——。

とは、考えなかった。いままでは尾張の土地を守る合戦だった。自分たちの所領と家族を守るために戦った。

このたびは、まるで縁のない他人の土地を分捕《ぶんど》りに来ている。奪われる美濃衆にしてみれば、必死であろう。米を取られ、家を焼かれ、嫁御《よめご》を犯され、なお、土地を奪われる——。なんとむごたらしい悪鬼羅刹《らせつ》の所業であることか。

天下万民の安寧《あんねい》のため——と思っていた。

そんな建前は、すぐにほころびた。自分のために生きる——。人はろくでもない生き物だ。

闇に、突然、鉄炮の音がした。

鉄炮の炸裂音は、いつどこで聞いても恐怖だ。

つづけざまに、五発、十発、二十発。

「敵襲だ。起きろ」

周囲の闇を睨《にら》んだ。暗がりに鉄炮の赤い火が走る。敵は散開している。

敵から見れば、月光の下に柱が立ち人が群がっている。狙いやすい標的にちがいない。

「火を焚《た》け」

一巴が志郎に命じた。

「敵に狙い撃ちにされるぞ」

「そうさせるのよ。火を焚き、わしはそこから射撃する。美濃衆は、そこを狙って集まって来る。志郎は何人かをひきつれ、横からそいつらを狙い撃ちにせよ」

「しかし……」

「闇にまぎれた敵はやっかいだ。どこかに攻め口をつくって、そこに集めるのが上策。さもなければ、いつまでもあっちが有利だ」

喜一たちに、竹束を運ばせた。敵の鉄炮は、やまずに続いている。射撃の間隔からして十人ばかりか。

丸太を積み上げ、枯れ草を集めて火をつけた。

すぐに大きな炎が燃え上がり、あたりを橙《だいだい》色に照らした。周囲の闇が、かえって深くなった。

遠くの闇を火柱が横切った。玉が竹束にはじけた。

火柱の走ったところを狙って鉄炮を放つ。玉が闇に吸い込まれる。

手応えがない。

敵の鉄炮玉が、しだいに火の周囲に集まりつつあった。気をそらさせない程度に、一巴は、玉を込めずに火薬とぼろ布を詰めて、引き金をひいた。

そろそろ、志郎の組が、敵の脇にまわり込んでいるはずである。

まさに、そう思った刹那《せつな》、射撃音がひびきわたった。

美濃兵と志郎の組が撃ち合っているらしい。しばらくつづいてから音がやんだ。どちらが殺されたのか。はたまた闇にまぎれて逃げたのか。

「みごと、撃ち取ったがやぁ」

志郎の声がひびいた。

「油断するなぁ。まだ、おるかもしれんぞ」

一巴が、大声で答えた。

「承知ぃ」

「へっへっ。死地じゃ死地じゃとおっしゃるので、どんな恐ろしげな地獄かと思うておりゃあしたが、たいしたことはありゃあせんでや」

初陣の喜一が、笑いながら鉄炮をなでた。

「まだこれからだ。安堵するのは早すぎる」

「あれだけ盛大に追いはらえば、今夜はもう来ますまい。枕《まくら》を高くして休めます。ゆっくり糞でもしますかいの」

喜一が立ち上がった。

一巴はなにかを言おうとしてとまどった。

――戦《いくさ》をあなどるな。

というべきか。あるいは、

――その調子で敵を呑《の》み込め。

というべきか。いずれにしても、戦場では、つねに生と死が紙一重であることを教えてやらねばならない。

「喜一、合戦というのはな……」

「へぇ」

返事をした喜一がふり向いたとき、闇に炸裂音がひびいた。喜一が、からだをくの字に曲げて倒れた。

「喜一ッ」

抱きかかえると、一巴の手に温かい血がべっとりとあふれた。

「………ぁ」

「しゃべるな。じっとしておれ」

桶側胴の真ん中に、十匁《もんめ》玉の大きな穴が開いている。助かるまい。

喜一は、そのまま肩を落として息を引き取った。


三日の死闘のすえ、墨俣の砦はできあがった。すぐさま織田の軍勢千五百人が入城した。

墨俣の砦を拠点に、織田勢は美濃を攻めたてた。

美濃侍がつぎつぎと信長に寝返った。尾張から巻き起こった渦が、たちまちのうちに美濃を呑み込んだのであった。

翌永禄《えいろく》十年（一五六七）九月、信長はついに美濃斎藤《さいとう》家の拠点稲葉《いなば》山《やま》城を落とし、自身がその険峻《けんしゅん》な山城に移って主《あるじ》となった。

山麓《さんろく》に豪奢《ごうしゃ》な三層の館を建て、城下井之口《いのくち》の町を岐阜《ぎふ》と改名した。古代中国で周《しゅう》王朝を開いた武王《ぶおう》が、岐山《きざん》を拠点にしていた故事にちなんでの命名であった。

信長は、岐阜の町を楽市《らくいち》とさだめ、檜《ひのき》板の制札《せいさつ》をかかげた。

一、当市場に越居の者、分国往還煩《わずら》いあるべからず。並びに借銭、貸米、地子《じし》、諸役は免許せしめ訖《おわ》んぬ。譜代相伝の者たりと雖《いえど》も違乱あるべからざるの事。

岐阜に引っ越して来た者は、領国内往来の自由を保障され、税、諸役が免除されるばかりでなく、市場外で借りた銭や米の債務まで免除しようというのである。

困窮していた者たちは躍り上がってよろこんだ。いや、戦乱のつづいたこの時代、困窮していない者などいなかったにちがいない。

人々は大挙して岐阜の町に押し寄せた。町に人と物があふれた。

信長は、生駒親正《いこまちかまさ》をつかって、さまざまな産品を買い集めた。人を雇って各地に運ばせ、利潤をのせて売りさばいた。織田家そのものが流通経済に大きくたずさわることによって、ますます人と物が集まった。

尾張と美濃に、物と銭の渦が巻いている。渦は日ごとに大きくふくれ上がっていく。人々の欲望が渦に加速度をあたえた。

織田家の蔵に銭が積み上げられ、軍団は飛躍的に将兵がふえた。

――兵力五万。

誇張ではなく、それだけの兵が信長を頂点として軍事、経済活動をおこなっている。

永禄十一年（一五六八）には、足利義昭《あしかがよしあき》を奉じて上洛《じょうらく》。

畿内に盤踞《ばんきょ》していた三好《みよし》三人衆を阿波《あわ》に追い返した。

近江《おうみ》、山城《やましろ》、大和《やまと》、摂津《せっつ》、河内《かわち》のほとんどが、信長の支配に服した。

さらに伊勢《いせ》の北畠具房《きたばたけともふさ》を攻略。

畿内一円、十万の男たちが、信長の采配《さいはい》ひとつで動くようになった。

信長にしたがっていれば飯が食える。信長にしたがえば、本領が安堵される。だれの目にも流れははっきりしていた。

信長は、まさに渦の真ん中に毅然《きぜん》と立っている。

渦はさらに大きく強く巻こうとしている。

二十

元亀《げんき》元年（一五七〇）四月、織田信長《おだのぶなが》は越前《えちぜん》の朝倉義景《あさくらよしかげ》を攻めた。

敦賀《つるが》の天筒山《てづつやま》城、金ヶ崎《かねがさき》城を落とし、越前平野になだれ込もうとしていた前夜のことである。

篝火《かがりび》が赤々と燃え上がっている。春が夏にかわろうとする宵《よい》は、夜風にも馥郁《ふくいく》としたなまめかしさがあった。

陣幕の内で、信長は宿将たちとともに、大きな日本地図を見つめていた。もはや、越前は掌中におさめたも同然である。考えるべきは、そのつぎの作戦だった。

母衣《ほろ》武者が血相を変えて、陣幕のうちに駆け込んできた。

「浅井長政《あさいながまさ》殿、ご謀叛《むほん》にござる」

「まさか」

宿将たちは信じなかった。近江《おうみ》の北半国を領する長政には、信長の妹お市《いち》が嫁いでいる。裏切るはずがない――。

信長だけが立ち上がった。

「逃げる」

湖国の北部を領する浅井が裏切れば、信長は越前の朝倉と挟み撃《う》ちにされてしまう。もたもたしていると、逃げ道がなくなる。いや、もう、岐阜《ぎふ》に帰る道は閉ざされた。

信長の思考は単純である。

――生きるか、死ぬか。

――損か、得か。

算盤《そろばん》玉を一つひとつ弾《はじ》いたりはしない。算盤が立つか、立たぬか、ただそれだけの二者択一の思考は以前にも増して磨きがかかり、決断はすばやい。

すぐさま馬に乗って駆けだしていた。

殿軍《しんがり》として木下秀吉《きのしたひでよし》を金ヶ崎城にのこした。自分はにおの海の西にまわり、朽木谷《くつきだに》から京《きょう》へと駆け抜けた。二万の軍勢がなだれを打ってあとにつづいた。

橋本一巴《はしもといっぱ》は、秀吉とともに金ヶ崎城に残り、追っ手をくいとめた。鉄炮《てっぽう》がなければ、とてものこと支えきれなかったであろう。激しい銃撃戦で大勢の味方が死んだ。

信長は無事に京に駆け込んだ。

何日かとどまり、鈴鹿《すずか》を越えて岐阜に帰ると、信長はすぐさま浅井攻めを命じた。

一巴が呼び出された。墨俣《すのまた》と金ヶ崎の激戦を生きのびただけでも、運の良さは証明されている。鉄炮のことなら、まだつかいどころがあるらしい。

「国友《くにとも》を奉行せよ。鉄炮は一挺《ちょう》たりとも浅井にわたすな」

厳しい語調で信長から言いつけられた。一巴には否も応もない。

一巴は国友村に駆けつけた。国友藤兵衛《とうべえ》の屋敷に村の年寄《おとな》たちを集め、威儀を正して禁令を読み上げた。

急ぎ御用の節、差し支えこれなきよう、常々御用向き大切に心得るべし。

あとに、五ヶ条の条文がつづいている。信長からの注文があれば違《たが》わず鉄炮を造ること、諸国からの注文、あるいは新式の鉄炮があればただちに届けること、鉄炮の製法をみだりに他人に教えないことなどである。

すなわち、鉄炮のことはすべて織田家に報告し、従うべしとの内容であった。

藤兵衛屋敷に居ならんだ年寄たちが頭《こうべ》をたれて沈黙した。

差し出した朱印状を藤兵衛が両手でうけとった。岐阜にうつってから、信長は「天下布武《ふぶ》」の仰々しい朱印を押している。

頭を下げてはいるが、藤兵衛の顔に不服の色が浮かんでいた。

「いかがした。なにか存念があるか」

「ございます」

声の調子が棘《とげ》を含んでいた。

「申すがよい」

「この御禁令は、つまり、われらに織田のためにのみ鉄炮を張り立てよということでございますな。諸国からの注文や新式の鉄炮を織田に届けよとは、そういうことでござりましょう」

いったいなにを言いだすつもりか。

「そのとおりである。織田の御屋形《おやかた》様にしたがう武家ならば問題はない。同盟関係にある三河《みかわ》の徳川《とくがわ》にも張り立ててやるがよい。御屋形様の領国はすでに畿内一円。これからは合戦がいくらでもある。注文はむしろ増えるであろう」

藤兵衛がゆっくり首を横にふった。

「気に喰《く》わぬ」

「なんだとッ」

「気に喰わぬと申し上げた」

「暴言はゆるさぬぞ」

郎党頭《ろうとうがしら》の金井与助《かないよすけ》が、腰の刀に手をかけた。従者たちが具足を鳴らして立ち上がった。墨俣での激戦と金ヶ崎の退《の》き口を経てから、橋本の郎党たちは気が荒くなった。

一巴が一同を制した。

「待て。存念があるなら聞こう」

藤兵衛とは、二十年以上の付き合いである。一巴の注文をあれこれ工夫してかなえてくれた腕のよい鉄炮鍛冶《かじ》だ。

「存念はたっぷりあるとも。そもそも橋本殿、鉄炮はなんのためにあるとお考えか」

なんのために鉄炮があるか……。そんなことはここ何年も考えたことがない。

昔は、考えた。それればかり考えていた気がする。

国友に来れば、藤兵衛の家に泊めてもらい、夜が更けるのも忘れて議論したものだ。鉄炮の張り立てのことばかりではない。鉄炮をつかってどんな戦術をとるか、そもそも鉄炮でいったいなにをするのか。なにに使えば役に立つのか。

そのころなにを話したのか、一巴はすっかり忘れてしまった。

「鉄炮はな、わが道を開くためにあるがや」

「なるほど、それで合点がいった。ちかごろ、どうにも一巴殿と、そりがあわぬと思うておったのじゃ」

藤兵衛が、深くうなずいた。

「鍛冶の分際でなにが言いたい」

自分の吐いたことばに一巴は驚いていた。鍛冶としての藤兵衛に敬意をはらいこそすれ、分際呼ばわりするとは自分でも思っていなかった。

だが国友の奉行になったいまは、なんとしても禁令をのませねばならない。

「こう申してはなんやが、一巴殿も偉《えろ》うおなりになったもの。ぴかぴか光る立派な鎧《よろい》がまばゆいわい。昔はいつも汗臭い胴丸《どうまる》つけてあらわれたものであったのに」

「無礼な。愚弄《ぐろう》いたすと承知せんぞ」

与助が声をあららげた。

「捨て置け。この男とは長年の付き合いだ。言わせてやれ。とくとうかがおう」

「わしはな、鉄炮は、天下の民草《たみくさ》を守る道具だと、おまえ様がいうから、懸命に張り立ててきた。吹けば飛ぶような尾張《おわり》の上総介《かずさのすけ》が、今《いま》川《がわ》に踏みつぶされては気の毒ゆえに助けたかった。鉄炮があれば、足軽の数が少なくてすむ。百姓がいくさにかり出されることもなくなる。死ぬのは侍だけでよい。そう思いながら鎚《つち》を振るってきた。ところがどうじゃ。織田の大将は、何万もの人間を集め、いくさを広げるばかり。日の本みなを殺さんばかりの勢いではないか」

「天下に武を布《し》くとはそういうことだ。だれぞが力をもって号令をかけねば、合戦は終わらぬ」

「そうかもしれん。だがな、わしの思うておったのとは、ずいぶんやり方がちごうておる。おまえ様は、もっと、敵を思いやっていたではないか――」

一巴は絶句した。たしかにそうだった。

「わしは、好きに鉄炮を張り立てる。諸国の注文をいちいち織田に届けたりはせぬ。それが悪ければ好きに仕置きをするがよい」

藤兵衛が一巴を睨《にら》んだ。

「藤兵衛」

「なんじゃ」

「おまえ、自分がなにをいうておるか承知か」

「あたりまえじゃ。鍛冶には鍛冶の意地がある」

「ならば、後悔せぬな」

「するものか」

一巴はうなずいた。

「これまでの働きに免じて、暴言はさし許す。されど御禁令にしたがわぬとあれば、そのときは、厳しく断罪せねばならぬ」

「わしは好きに生きる。その果ての死ならば、甘んじて受けさせてもらおう」

藤兵衛の目が爛々《らんらん》と燃えている。なにを言っても聞かない顔だ。

「鍛冶の意地やよし。おのれを貫いて好きにするがよい」

平伏する年寄たちに一顧もあたえず、一巴は藤兵衛の屋敷を立ち去った。

二十一

岐阜稲葉山山麓《ぎふいなばやまさんろく》の射場で、織田信長《おだのぶなが》はいらだっていた。三匁《もんめ》半玉の筒を、つぎつぎと取り替えて放つのだが、十五間《けん》（二七メートル）先の的に、気持ちよく当たらない。

越前《えちぜん》から京《きょう》へ命がけで逃げのびた信長は、岐阜への帰途、鈴鹿《すずか》山の千草《ちぐさ》越えで狙《ねら》い撃《う》ちされた。

玉は信長の小袖《こそで》に穴を開けた。穴は二つ。炸裂《さくれつ》音からしてすぐ近くからの狙撃《そげき》であった。

木の枝に登っていた狙撃者は取り逃がしたが、案内役の地侍が姿を見かけた。二つ玉を得意とする甲賀杉谷《こうがすぎたに》の善住坊《ぜんじゅぼう》という男にちがいあるまいとのことだ。探索させているが、捕縛したとの報《しら》せは届かない。

命拾いはしたものの、至近距離からの狙撃に信長の神経は刺々《とげとげ》しく逆立ったままだ。小姓たちが腫《は》れ物にさわるように接している。

八寸四方の杉板に二寸の黒丸を塗ったのが標的だ。またはずれた。

いまにも降り出しそうな梅雨《つゆ》どきの厚い雲に、炸裂音がむなしく吸い込まれた。

「御屋形《おやかた》様は、度量が狭《せも》うござるな」

「なんじゃと」

信長が橋本一巴《はしもといっぱ》を睨《にら》みつけた。小姓たちの顔が青ざめている。

「さように狭い了見では、鉄炮《てっぽう》は当たりゃあせんがや」

軍団が拡大するにつれて、信長の帷幄《いあく》には、才智あふれる若武者たちがつどうようになった。信長は神々しいほどの威厳をそなえ、かしずく者たちは恭《うやうや》しい。一巴のように昔の流儀を変えぬ男のほうがむしろ珍しかった。

「わしの了見がどのように狭いのか」

「ご無礼つかまつる」

立ったまま鉄炮をかまえた信長の右肩を、一巴は掌《てのひら》で撫《な》でつけた。案の定、腕の肉が張りつめている。

もう二十年以上も鉄炮を放っているというのに、興奮しているときの信長は、肩をいからせて勢いよく引き金をひく。それでは的に当たらない。

玉が当たるか当たらぬかは、技倆《ぎりよう》もさることながら、むしろこころの問題だ。

こころが波立っているとき、どんな名人でも鉄炮は当たらない。

「安気《あんき》にかまえられよ。当てようとしすぎると、力がこもり、当たらぬもの。どこかで諦《あきら》めてしまわねば、引き金はしぼれませぬ」

「当てるのを諦めろというか」

「さよう。御屋形様は、筒先がぶれるのを、なんとしても止めようとなさっておいでであありゃあすな」

すこし考えて、信長が口をひらいた。

「筒先がぶれておっては、玉が当たらぬ」

「それで、かえって力がこもりすぎております」

筒先の微細なぶれが気になりだしたら、鉄炮は、当たらない。つい力をこめて引き金をひきがちで、そうなるとますます筒先が定まらない。

「浅井《あさい》の寝返り、善住坊の狙撃、さぞやお腹も立ちましょうが、いったんお忘れにならねば知恵ははたらきませぬ。まずは息を整えなされませ」

雑念がおいそれと捨てられないのは、だれしも同じだ。しかし、頭を滾《たぎ》らせていては、まわりが見えなくなる。

「聞いたふうなことをぬかすな」

悪態をついたが、それでも信長はなんどか下腹で息をととのえた。

肩がさがり、とろりとした目で的を見つめ直し、あらためて鉄炮をかまえた。力を抜いてかまえ、引き金をしぼった。

小姓が駆け寄って的を確認した。

「星に御命中！」

二寸の黒丸にみごとに当たっている。

信長が鷹揚《おうよう》にうなずいた。

「人も鉄炮も数が増えました。渦の真ん中に立つ御屋形様は、力を抜いてゆるりと四方を睥睨《へいげい》なさることこそ肝要と存ずる」

小姓からつぎの鉄炮をうけとると、信長が新しい的を狙った。

「星に御命中！」

小姓の声がひびいた。

織田軍団の鉄炮は、すでに一千挺《ちょう》を超えている。

鉄炮は各部隊に配備され、一巴のそだてた熟練者が号令をくだしている。一巴は、信長のそばにあって、鉄炮のすべてに関わり、目を光らせている。信長の気ままなひとことで浮き沈みする人生となってしまった。

甲冑《かっちゅう》を着けた使番《つかいばん》が射場に駆け込んできた。信長のわきで片膝《かたひざ》をついた。

「近江《おうみ》の諜者《ちょうじゃ》から知らせがございました」

「もうせ」

「国友《くにとも》の鍛冶《かじ》が、浅井に鉄炮を売っております」

一巴のからだが硬くこわばった。信長が一巴を見すえた。

「おまえは間抜けだ」

「国友は長年にわたっての浅井領。一朝一夕につながりは断ち切れますまい」

浅井の本拠小谷《おだに》城は国友村からわずかの距離だ。いままで鉄炮を重視していなかった浅井だが信長との決戦には不可欠と買い込んだのだろう。

「売った鍛冶を殺せ」

「鍛冶を殺しますと、国友村ぜんぶが、われらに背きましょう。上策とは申せませぬ」

信長は、耳をかさず、鉄炮をかまえた。また、星に命中した。

「殺せ」

こちらをふり向かず、つぶやいた。

「されど……」

一巴の反駁《はんばく》は、つぎの炸裂音にかき消された。

一巴は、郎党《ろうとう》をひきつれて、国友村に向かった。黒い当世具足を着込んで、青い孔雀《くじゃく》の羽根が麗しい南蛮兜《なんばんかぶと》をかぶり、馬にまたがった。

藤兵衛《とうべえ》の鍛冶場に行った。

火床《ほど》の横座にすわった藤兵衛は、戸口に立った一巴にちらっと流し目をよこしただけだ。

突然あらわれた甲冑武者の群れに、弟子たちがとまどっている。

「かまうな。そのままでよい」

手で制して、一巴は仕事をつづけさせた。

藤兵衛が、真っ赤に沸かした板鉄《いたがね》を炭火のなかから取り出した。芯《しん》鉄《がね》を当てて弟子に鎚《つち》を打たせた。ただの板が丸い筒になっていく。しばらく目を閉じて、一巴は鎚の音を聞いた。腕のよい藤兵衛がいればこそ、織田の鉄炮衆は命中精度の高い鉄炮を数多くそろえることができたのだ。

鎚音が終わり、藤兵衛が鉄の筒を火床にもどした。

「浅井に鉄炮を売ったか？」

一巴の問いかけに、藤兵衛がうなずいた。

「お買い上げいただいた。長年お世話になった浅井の殿様だ。特別よい鉄炮を納めたとも」

「なぜ、代官に届けなんだ」

弟の三蔵《さんぞう》を、代官として国友村に常駐させている。鉄炮の運び出しに気づかなかったのは、代官のうかつだ。

「届けたら、売らせたか？」

まっすぐ見つめた目に力がある。よい鍛冶だ。殺すには惜しいが、法は厳格でなければならない。

郎党たちに触れまわらせ、村のすべての鍛冶を川原の射場に集めさせた。

厚い雲が空を覆っている。風が湿っている。まもなく雨が降るだろう。

数百人の男たちが、群がり、低声《こごえ》でささやき合っている。女たちも見に来た。

一同を静まらせて、一巴が太い声をはりあげた。

「織田弾正忠《だんじようのちゆう》様の御法度により、諸国から鉄炮の注文を受けた鍛冶はすみやかに代官に届け出ねばならぬ。その法を破った不埒《ふらち》者がおるゆえ、ただいまより死をもって成敗する。引っ立てぃ」

縄でしばられた藤兵衛が、足軽に引かれてあらわれた。三蔵がそばについている。

射場の標的の前にすわらされた。

「鉄炮鍛冶ゆえに鉄炮をもって死をくれてやる。ありがたく往生せい」

一巴は五人の郎党に鉄炮のしたくをさせた。黒い甲冑を着けた郎党は、地獄の羅刹《らせつ》に見えた。ならば、自分は血も涙もない閻魔《えんま》だ。手で合図すると、羅刹たちが筒をかまえた。

「けっ。まことにありがたいこと。天下は織田のものと思うておるか。好きにするがよい。わが鉄炮で死ねるなら本望じゃ」

目玉を剝《む》いた藤兵衛が大声で喚《わめ》いた。

年寄《おとな》たちが一巴にすがりついて懇願した。

「橋本様。なにとぞお許しくださりませ。浅井様は長年の御領主。しかも織田様と御縁戚《えんせき》ゆえ、鉄炮をお売りすること、一同、差し障《さわ》りないと思うておりました。どうか、こたびばかりはお見逃しくださいませ」

「助命などするな。節《せつ》を曲げてまで生きのびるつもりはないわ」

藤兵衛が、後ろ手に縛られたまま肩をそびやかした。玉を胸に当てよといわんばかりに勇ましく胸を張った。

五人の足軽はじっと鉄炮をかまえている。すでに火蓋《ひぶた》を切っている。

一巴は、頭上に手をあげた。厚い雲の流れが速い。

「放て――」

小声でつぶやき、静かに手をおろした。

川原に、炸裂音がこだました。集まった鍛冶たちがどよめいた。

藤兵衛は――。

血まみれかと見れば、なんの変わりもない。なにが起こったかわからぬ顔で、きょとんとこちらを見ている。

駆け寄った一巴が、脇差《わきざし》を抜いて縄を切った。

「郎党ども、みごとじゃ。すべて心の臓に命中しておる」

「なんじゃあ？　はずしたのか、下手《へた》くそどもが」

藤兵衛がけげんな顔をしている。

「とどこおりなく命を召し上げたゆえ、藤兵衛の骸《むくろ》は丁重に葬ってやれ。立派な鍛冶であったゆえ、大きく目立つ卒塔婆《そとば》を立ててやるがよい」

「ちょっと待てぇ。どういう了見じゃ。生きながら埋めよとぬかすか」

「なんじゃ」

一巴はけげんな顔で藤兵衛を見た。

「おまえは、だれであったか。おお、惣兵衛《そうべえ》ではないか」

「……惣兵衛とはだれじゃ」

「おまえじゃ。おまえは堺《さかい》の鉄炮鍛冶惣兵衛であったな」

「わしは藤兵衛じゃ。冗談《てんご》もたいがいにせえ」

「なんの、藤兵衛は弾正忠様から死を賜り、真っ赤な血を噴いて果てた。本日葬殮《そうれん》をするゆえ、まもなく墓場に卒塔婆が立つ。年寄ども、そうであろう。藤兵衛はまちがいなく死んだな」

年寄たちは顔を見合わせてうなずいた。

「はい。藤兵衛は玉を浴びて死にましてございます。すぐに墓をつくりましょう」

「この村に、惣兵衛という鍛冶がおるな。泉州《せんしゆう》堺の鍛冶であったが、ちかごろ、こちらに鍛冶の術を学びに来たと聞いておる。三蔵、そうであったな」

「御意。その件は届けを受けております」

一巴は藤兵衛に顔をちかづけた。

「そういうことにしてくれ。おまえを殺しとうない。死なせとうない。頼むがや。しばらく身をかくしてくれ。ほとぼりがさめたら、惣兵衛として戻って来い」

頭を下げ、銀のはいった袋をにぎらせた。

しばらく押し黙っていた藤兵衛がうなずいた。

「ありがたや。冥加《みょうが》と思うて、生きさせてもらおう。鉄炮のこと、まだまだ工夫したいことがいくらでもある。織田は気にくわぬが、一巴殿はとくべつじゃ。いつか一巴殿のためにすばらしい筒を張り立てさせてもらおう」

一巴の手をにぎった藤兵衛の頰《ほお》に涙がつたった。

岐阜にもどると、一巴はそのまま稲葉山山麓千畳敷の館《やかた》に行って信長に拝謁した。

昨夜《ゆうべ》から降りつづく雨に稲葉山の木々がけぶっている。すぐ裏の谷川の水が大きな音を立てて流れている。

具足と小袖が水を吸って重い。わきに置いた南蛮兜の孔雀の羽根が雨に凋《しお》れている。

「国友の仕置き、とどこおりなく終えてまいりました」

虚偽の復命だが、こころは痛まなかった。忠ではないが、仁であるつもりだ。

信長の切れ長の目が、一巴を見すえていた。

「あれが仕置きか」

背筋が凍りついた。両手をついて平伏したまま動けなくなった。

「……されば、厳格なるも法でござろうが、仁慈もまた法でござる。鉄炮鍛冶たちを統制するのはもちろんでありゃあすが、締めるところ、緩めるところ、緩急自在にいたさねば、こころの離反をまねきます」

「もっともらしいことをぬかす。銀之丞《ぎんのじょう》ならばなんと見る」

書院上段の間にすわった信長が、縁廊下を見やった。若い猿楽師が、降りしきる雨をながめて鼓《つづみ》をもてあそんでいる。

派手な菖蒲《あやめ》と蛙《かわず》を染めた小袖を着たこの男は、ちかごろ信長のお気に入りである。化粧《けわい》をしているのか、白い顔が女より端整でぞっとするほど妖《あや》しく美しい。

鼓をひとつ、かろやかに叩《たた》いた。

「さればされば、近江の鉄炮鍛冶は、川瀬を踏みわたる愚か者にてそうろう」

「それは、なんの謂《いい》じゃ」

「浅いか、浅いか、そら転《こ》けた。浅井か、浅井か、そら転けた」

調子よく剽《ひょう》げた銀之丞の声に信長が笑うと、小姓らも声を殺して笑った。一巴は笑わなかった。雨の音が耳についた。

「役に立たぬ男」

信長が手をふって一巴を追い払った。

それきり一巴にはなんの関心もはらわず、手にした茶入《ちゃいれ》に見入っている。頭をさげて立ち去ろうとすると、信長がつぶやいた。

「この茶入は、九十九髪《つくもがみ》という。これになぜ一国にひとしい値がつくかわかるか」

掌よりちいさな壺《つぼ》である。一巴は茶の湯をまるで知らない。

「わかりませぬ」

「わしが、そう決めたからだ」

つぶやいて、また茶入を見ている。これからは、信長が許した者だけが生きられるとでもいいたげだ。

「しかしそれでは恨みを買いましょう。天《あま》が下《した》に怨嗟《えんさ》の声が満ちまする」

信長の目が光った。じっと一巴を見つめている。

「鉄炮をつかうには、なによりも、人を慮《おもんぱか》るこころが大切でございましょう。御屋形様は、ちかごろ惻隠《そくいん》の情をお忘れのごようす。鉄炮を修羅の道具となせば、待ち受けているのは無間《むげん》地獄ばかりでございます」

信長の眉《まゆ》がゆがんだ。

「一巴よ」

「はっ」

「おまえは、いつから偉《えろ》うなった」

「…………」

「わしに説教を垂れるか」

「さようなつもりはございませぬ。ただ、天下布武《ふぶ》の道を歩むにあたり、仁慈がなくては人心を収攬《しゅうらん》しきれぬと……」

「もうよい。去《い》ね」

また茶入に見入った。

「去にまする。されど、国友藤兵衛のこと、なにとぞ御助命をお願いしたい。鍛冶の腕はまさに天下一。あの男の工夫でどれだけ鉄炮が放ちやすくなったことか」

「もう遅い。すでに佐々成政《さっさなりまさ》を国友に送った」

弾《はじ》かれるように立ち上がっていた。

「ごめん」

頭を下げ、一巴は館から飛び出した。雨がさらに強く降りしきっている。

門前につないだ馬にまたがり、そのまま国友目ざして笞《むち》をふるった。

金井与助《かないよすけ》が追いかけてきた。

「来んでよい」

この問題に、人を巻き込みたくなかった。

暗くなりかけたころ、国友に着いた。雨はやまない。

藤兵衛の屋敷に行った。いくら門を叩いても、人が出てこない。塀をよじのぼってなかに入ったが無人だった。

そのまま代官屋敷にむかった。

駆け込むと、庭に屍《しかばね》がひとつ転がっていた。首がない。雨に叩かれる肩のあたりが、やけに白く見えた。

縁廊下に弟の三蔵がいた。うつむいて、なにも言わない。奥から成政があらわれた。桶側胴《おけがわどう》をつけて厳しい顔をしている。

成政は、信長の馬廻《うままわり》のなかでも精鋭の黒母衣《くろほろ》衆筆頭であった。信長のおぼえはめでたく、いまは鉄炮衆の奉行をまかされている。

一巴は、屍を見つめたまま雨に打たれていた。せめて、かけてやる筵《むしろ》をさがした。

「お上がりくだされ」

成政にいわれて板敷きの座敷にとおった。屋敷のなかはすでに薄暗い。

「橋本殿は、甘《あも》うござるな」

わきに首櫃《くびびつ》が置いてある。そばに寄って蓋《ふた》に手をかけると、成政がその手を押さえた。

「おこころ静かにご実検いただきとう存ずる」

あとにつづけて、小声で耳打ちされた。

「このこと、わしと数人しか知りませぬ」

なんのことかわからぬまま、蓋を取った。

両手で取り出した首は、藤兵衛ではなかった。

「橋本殿のように衆目の前で堂々となさっては、岐阜に知れるのはあたりまえ。粗漏《そろう》でございましたぞ。これは浅井の兵の首。藤兵衛は逃がしました。あのように腕の立つ鍛冶は、国の宝じゃと、橋本殿はつねづね仰せであった。そのこと、この成政、胸に刻んでおりました」

「そうか……」

見知らぬ男の首を一巴は抱きしめた。知らぬ男ながら、大粒の涙があふれて止まらなくなった。

――南無マリア観音。

首を抱きしめて、一巴はその男が極楽に行けるように念じた。

降りしきる雨はやみそうもない。

二十二

――腹を切るか。

――どこかに逐電するか。

それればかり考えながら、橋本一巴《はしもといっぱ》は、ただ一騎、雨のなかを関ヶ原《せきがはら》にさしかかった。昨日、無闇《むやみ》と笞《むち》をくれて駆けさせたので、馬は疲れきっている。雨が兜《かぶと》の眉庇《まゆびさし》から滴り落ちるのをぬぐいもせず、力なくゆらりと鞍《くら》にもたれて馬を歩ませた。

国友藤兵衛《くにともとうべえ》の仕置きのことで、一巴は織田信長《おだのぶなが》に従わなかった。信長は去《い》ねと、手で追い払った。

——どうする？

どうするべきか、一巴は考えた。

美濃《みの》を手に入れてからの信長は、まったく人が変わってしまったようだ。人を人とも思わぬ傲慢《ごうまん》さにあふれている。

ただ、一巴は信長に恩義を感じていた。かつて村木砦《むらきとりで》で命拾いしたのは信長のおかげである。裏切るのはやはりつらい。

——死ぬか。

一巴が自刃《じじん》すれば、信長は橋本の一族をのこしてくれるだろう。それでよいではないか。

そんな想念をめぐらせつつ馬を進めた。

伊吹山《いぶきやま》と鈴鹿《すずか》の峰にはさまれた関ヶ原に青々と草が茂り、雨が降りしきっている。

雨に打たれて馬の背に揺られていると、あやの声がきこえた。

ふり返ったが、いるはずがない。

この狭い谷の原で、かつて大きな合戦があったと聞く。近江《おうみ》に都があったころ、大友皇子《おおとものみこ》と大海人皇子《おおあまのみこ》が激突した壬申《じんしん》の乱である。

細長い本州は、この関ヶ原で東と西に分断されている。

列島の東と西で、大きな人の渦が巻き起こってぶつかり合うとき、どうしてもこの狭い原で戦《いくさ》になるだろう。

——戦いの地を知り、戦いの日を知れば、すなわち千里にして会戦すべし。

孫子《そんし》の兵法は、そう教えている。一巴は通過するたびに、ここで合戦をするならどのように陣を展開するのが有利かを考えていた。

原を囲む山々の裾《すそ》が、兵陵となってひろがっている。そこに陣をかまえて筒をならべ、敵を待ちかまえるならば勝利はかならず手にはいる。頭のなかで軍勢を動かし、鉄炮《てっぽう》を放たせた。なんどくり返しても、
そう結論が出た。

ただひとつ、それをくつがえす作戦は、敵のだれかを裏切らせるこ

とだ。それもまた重大な戦略であろう。そんな思考に熱中した日々もあった――。

信長に、去《い》ねと追われたいま、そんな思案は役に立ちそうにない。

また、耳の奥であやの声が聞こえた。

閨《ねや》の声である。

せつなく甘える声が、一巴にすがりつく。一巴に頼りきり、一巴だけを支えとしている女である。甘え、悶《もだ》え、悦《よろこ》び、あえぐ。生きることの大切な意味が、そこにある気がした。

生きたいと強く思った。

生々流転《しょうじょうるてん》は人の世のならいだ。

――生きていて、なにが悪い。

開き直る気持ちが湧《わ》いてきた。信長にたてついたとて、なにほどのことがあるか。

――殺すなら殺せ。

殺されるまで生きてやる。あやを連れて、どこまでも逃げよう。織田の領国にいられぬならば、毛利《もうり》でも三好《みよし》でも、力のある守護《しゅご》大名はいくらでもいる。鉄炮の腕を見せれば召し抱えてくれるだろう。

そう思えば、気持ちがまっすぐ立ち上がった。早く岐阜《ぎふ》に帰って、あやを連れて逐電しよう。それがなによりの道に思えた。信長も一族までは殺すまい。

馬に笞をくれ、まっしぐらに駆けるつもりで、前を見さだめた。

原は雨にけぶっている。真ん中に、泥にぬかるんだ道がまっすぐ通っている。

前方からなにかがやって来る。雨音のなかに低い地響きが迫ってくる。

――騎馬の軍勢か。

ひたひたと迫ってくる馬蹄《ばてい》のとどろきは、かなりの大軍だ。雨にけぶる馬の姿が見えた。

見る見るうちに、先頭の一騎が駆けてきた。

甲冑《かっちゅう》武者が手綱《たづな》を引いて馬を止めた。朱塗りの槍《やり》を突きつけられた。

「なに者かぁ。浅井《あさい》の者か？」

声高に叫んだ。面頰《めんぽお》のひげが恐ろしげだ。

「片原《かたはら》一色《いしき》の橋本一巴である。その方らは、どこの手か」

「ただ一騎で怪しい奴《やつ》。浅井の物見であろう」

つぎつぎと駆け寄せる騎馬武者に取り囲まれた。背に立てた指物《さしもの》は白地に黒の雁金《かりがね》。柴田権六勝家《しばたごんろくかついえ》の軍勢である。

「なにごとだッ」

いかつい大将が馬を止めた。勝家だった。さ、さ、さざえを象《かたど》った兜が仰々しい。

「権六、おみゃあの手下は礼儀を知らぬのぉ」

しばらく睨《にら》みつけていた勝家が、一巴の顔を思い出したようだ。

「けっ。のんきな男だがや。戦場往来に礼儀もへちまもあるか。ちかごろ召し抱えた美濃《みの》の衆ゆえ、おみゃあの顔を知らんのだ。みなおぼえておけ。この男が鉄炮狂いの橋本一巴だ」

取り囲んだ武者たちが首をかしげた。勝家がみなの顔を見た。

「なんだ、知らぬか。昔はちと知られた男であったがな」

「いや、拙者、存じております。ご無礼つかまつった。しかし、鉄炮をお持ちでないとは、浅井にでも分捕《ぶんど》られなさったか」

槍を突きつけていた武者が、呵々《かか》大笑した。

「御免」

武者は馬の腹を蹴《け》って駆けだした。

「おみゃあ、だいじょうぶか？」

勝家が一巴を見すえた。

「なにがだ」

逐電の心算《しんざん》を見透かされた気がして、どきりとした。

「ふん。鉄炮狂いが鉄炮も持たずにただ一騎歩んでおれば、兜の孔《く》雀《じやく》の羽根も打ち枯れて見えるわい」

「よけいなお世話だ。おみゃあはどこへ行く」

「南でや。六角《ろつかく》が一万人がところを集めて出張《でば》ってきおった。佐久《さく》間《ま》とわしはそっちの手当てだ。おみゃあは、しかし……」

なにが言いたいのか、見当がついた。

勝家も昔はわずかの人数を率いる大将でしかなかったが、いまは四千人をしたがえている。織田家でもいちばんの出頭人《しゆっとうにん》である。

一巴はといえば知行《ちぎよう》も家来も昔のままでなんの変わりもない。

「達者でおれ」

言い捨てると、勝家が馬を駆けさせた。大きく武張った後ろ姿が、雨のなかを行軍する軍勢にまぎれ、たちまち見えなくなった。

岐阜の屋敷にもどると、家の中が騒がしい。

せがれの道一《みちかず》が、郎党《ろうとう》たちを差配して合戦のしたくをさせていた。土間では鉄鍋《てつなべ》に鉛を溶かして玉を鋳《い》込み、板敷きの台所では薬研《やげん》や乳鉢で玉薬《たまぐすり》を調合している。胴乱《どうらん》や玉入れが板の間いっぱいに広げられ、郎党たちが慌ただしく立ち働いていた。

「どうした？」

たずねた一巴に、道一があからさまな侮蔑《ぶべつ》の顔を向けた。

「どうしたもこうしたもあるものか。親父《おやじ》のせいでわが一党、路頭に迷うところであった。わしが地べたに頭をこすりつけ、なんとか御《お》屋形《やかた》様に許していただいた。出陣でや。浅井を攻めるがや」

「よけいなことを」

吐き捨てた一巴を、せがれが睨みつけた。

「よけいなこととはなんじゃ。織田家から放逐されたら、われらはなんとして生きていく。親父はよかろう。どのみち死に損ないじゃ。わしはどうする。郎党はどうする。わしの子はどうする。自分ひとりの家ではないぞ」

十九になる道一は、嫁をとって、この春、男の子が生まれたばかりだ。

「わしはまちごうておらぬ」

せがれの顔があきれかえっている。

「罪のない鍛冶《かじ》を殺せといわれた。そんな法があるものか」

「あるもないも、御屋形様が法であろう。右を向けといわれれば右、左を向けといわれれば、一日中でも左を向いているのがわれらの務めではないか」

「そうではない。御屋形様にもまちがいがある。それを糺《ただ》すことこそ手の者の務めだ」

父とせがれが睨みあった。

「いつまでも尾張《おわり》の地侍ではないがや。御屋形様の一声で十万の軍勢が動くのだ。十万の大将のまちがいを糺して赤恥をかかせるつもりか」

「たわけ。おみゃあはそういう了見だから、鉄炮が当たらぬのだ」

「鉄炮の腕は関係なかろう。頭《かしら》に射撃の腕前など必要ないわ」

郎党頭の金井与助《かないよすけ》が、見かねて割って入った。

「おふたりとも落ち着きなされませ」

「うるさい」

「おみゃあは、黙っとれ」

「黙りませぬ。親子喧嘩《げんか》などなさっておる場合か」

三すくみの喧嘩に郎党たちが息を呑《の》んだ。

ふと、部屋のすみに不思議な空気を感じた。

見れば、嫁のあやがにこにこ笑ってすわっている。

「なんだ。なにがおかしい」

「ひさしぶりの親子喧嘩。せがれは逞《たくま》しゅうなり、わが亭主殿は衰えもせず、郎党の頭は一歩も退《ひ》かず、みな頼もしくうれしいかぎりと見させていただいております」

おっとりした口調に力が抜けた。

「たわけ。見世物ではないわ」

「母者。親父殿は、われらを路頭に迷わせようとしたがや。文句のひとつも垂れてくれまいか」

道一の口調にも力が失せていた。

「よいではありませんか。わがご亭主殿あっての橋本の家。ご亭主殿が死ねとおっしゃるなら、わたしはいつでも死にますよ」

満面の笑顔でそう言われると、道一は口をとざした。

あやに手伝わせて濡《ぬ》れた甲冑と小袖《こそで》を脱ぎ、一巴は乾いた帷子《かたびら》に着替えた。

「どのみち出陣は明朝だ。一献酌《いっこんく》み交わそう」

酒のしたくが調っていた。油の皿に灯明《とうみょう》をともし、せがれとさし向かいにすわった。長良《ながら》川の鮎《あゆ》を喰《くら》い、味噌《みそ》を舐《な》めて酒を呑んだ。ふたりとも無言だった。

ふたりのあいだで瓶子《へいし》を手に酒をつぐあやは、にこにこ笑っているだけでなにも言わない。

「けっ」

酔いが大層まわったころ、道一が口を開いた。

「負けじゃ負けじゃ。わしの負けだがや。親父と母者には、まったくついていけんがや」

大の字になって、ひっくり返った。

「親と子に勝ちも負けもあるものですか」

「母者は、さっき、いつでも死ぬというたではないか」

「ふふ」

あやが笑った。一巴はその笑いが気になった。

「なんだ。なにが可笑《おか》しい」

「わがご亭主殿が、わたしにそんなことを言うはずがありませんもの」

「あほらしい。勝手にするがや」

せがれが呆《あき》れている。奥で赤子の泣き声が聞こえた。目を覚ましたのだろう。立ち上がりざま、道一が懐から手拭《てぬぐ》いを出して開くと、玉をひとつ取り出して一巴にわたした。

「そうそう。わしはこんな玉を工夫してみた」

「どれ？」

変哲のない鉄の玉である。銘のつもりか、なにか刻んである。道、
と読めた。

「功名の玉だがや」

意味がわからなかった。

「鉄炮衆は、たとえ大将を撃《う》ち殺しても、だれの手柄かわからぬで
いかん。名前が刻んであればだれの玉が当たったか一目瞭然《いちもくりようぜん》。がぜん、
やる気が湧くであろう」

顔のゆがむのが自分でもわかった。腹の底から不愉快な気分がせり

あがってきた。

　せがれが笑っている。

　笑っているせがれに、一巴は無性に腹が立った。立って障子を開き、雨の降る庭に玉をほうり投げた。

「なにをする。せっかく彫った玉だがや」

「合戦のとき、おまえは、いつも笑って引き金をひいておるな」

　前から気になっていたことが、突然、脳裏に浮上してきた。

　道一は、元服してから、父とともに戦場を駆け回っている。

　父には一歩ゆずるものの、鉄炮の腕は群を抜いている。若いくせに年かさの郎党からも慕われている。鉄炮や炮術《ほうじゅつ》には、理路整然とした一家言をもっており研究を怠らない。玉薬と玉を同時に込める早合《はやごう》の発明は、なかなかのものだった。そういう点は一巴も大いに認めている。

しかし、うすら笑いを浮かべた顔で引き金をひく一点はどうしても許しがたい。いままで口にしたことはなかったが今日はいい機会《しお》だ。

「笑って引き金をひくとは、どういう了見だ」

「なんじゃと、なんの話だがや」

「合戦のとき、鉄炮をかまえながら、おまえはにやにや笑っておるであろう」

いわれて道一も思い当たったらしい。

「笑って鉄炮を放ってはいかんのか」

「敵とはいえ、人を殺《あや》めるのに、笑うという法があるものか。命をちょうだいするかぎり、礼を尽くさねばならぬ。おまえ、刀で人を斬《き》るときも、笑っていられるか」

「あほらしい。なぜ、刀を引き合いに出すのかわからぬわい。刀と鉄炮では、合戦のやり方がまるで違《ちご》うておろうがや」

道一はまだ白兵戦を演じたことがない。刀を抜いて敵と組み討ちになったことがない。遠くから、敵に向かって玉を放つばかりだ。だから、笑っていられる。

ちかごろの若い鉄炮衆を見ていて、一巴は気になっていた。生死を賭《と》した戦場で、道一のように笑っている連中がいる。

――合戦は、笑うべき場所ではない。

一巴はかたくなにそう信じている。

命のやりとりに、憫笑《びんしょう》など許されてよいはずがない。気負いを見せての豪放な笑いならまだ許せる。それは、おのれの底に潜む弱さの裏返しだ。

せがれの笑いはちがっている。

玉に斃《たお》れる敵を嘲《あざけ》っての笑いだ。

優位に立った者が、劣等の者、力のない者を蔑《さげす》んだ笑いである。勇猛に戦って死んでいく男たちへの崇敬の念がまるでない。だから、許せない。

鉄炮ではなく刀を握り、敵を突き倒して組み伏せ、喉《のど》を掻《か》き切るなら笑ってなどいられない。命と命がぶつかりあい鬩《せめ》ぎ合う。その刹那《せつな》に笑いの生まれる余裕はない。

一巴は引き金をしぼるとき、いまでもマリア観音に祈っている。

――極楽に往生せよ。

それが、命をいただく敵への、一巴なりの礼節である。切支丹《キリシタン》ではない。極楽がなにかも知らぬ。そんなことはどうでもよい。生きている者の命を奪う以上、礼節がなければならぬということだ。

「親父殿は念仏じゃものな。念仏を唱えて玉を放てば、撃たれる者もさぞや喜ぶであろうな」

引き金をひくとき、マリア観音に祈ることは、だれにも話したことがない。声にしないつぶやきを、せがれは唇から読み取っていたのか。

「念仏ではない。天に祈っておるだけだがや。極楽に往生せよと祈りつつ引き金をしぼっておる」

「それは、見上げたおこころがけ。恐れ入りましてございます」

道一がわざとらしく大仰に頭を下げた。からかっているのだ。

あまりの憎々しさに、一巴はせがれの襟元をつかみ、鉄拳《てっけん》を顎《あご》に喰《くら》わせた。

のけぞって倒れた道一は、しばらく父を睨みつけていたが、立ち上がるとなにも言わず出ていこうとした。

「待て。話をしてから行け。おまえは、なぜ笑って引き金をひく。わしにはわからぬ。人を撃つのが愉しいのか」

「あほらしい。さようなことは、考えたこともありゃあせんがや。わが橋本の一党は、父上殿が炮術師としてみごとに盛り立てられた。およばずながらそれがしも立派な炮術師にならんと精進してまいったつもり。なにをお咎《とが》めなさっておいでなのか、とんとわかり申さぬ」

せがれには一巴の苦衷がまったく理解できないらしい。頭をひとつ下げて座敷を出ていった。

嫁のあやは、あいかわらず微笑《ほほえ》んでいる。一巴はすわり直して盃《さかずき》を手にした。

雨の音がしない。開いたままの障子から外を見ると、雨があがっていた。千年も降りそうに思えても、雨はいつかあがる。早く流れる雲間に明るい月さえ見えている。

一巴はしげしげとあやの顔をながめた。

すでに四十路《よそじ》だというのに、瓜実《うりざね》の顔はおだやかでしっとりしている。この女はこころの根に怒りとか憤りといった激情をひとかけらももたぬようである。

「ここにいれば、静かだな。合戦など、どこの世界のことかと思う」

「はい。おまえさまのおかげで、安穏《あんのん》に暮らすことができます」

そうか。ここが静かなのではなく、この女といるから静かに過ごせるのだと思い直した。盃をあおると、酒が喉にしみわたった。

——ありがたい女だ。

しみじみそう思う。

おだやかな女がいればこそ、男は身命を擲《なげう》って働けるのだ。

まさに、マリア観音のような女、と、前は思っていた。

いまはちがっている。

すこしまえ、岐阜に切支丹の伴天連《バテレン》たちがやって来た。信長の館《やかた》で一巴も彼らの話を聞いた。マリア観音について知りたかった。切支丹の教えは理解しがたいものだった。

信長がたずねた。

「切支丹とはなにか？」

「神《デウス》の恩寵《ガラサ》をもって切支丹となりまする」

黒く裾の長い法衣《ほうえ》を着て、鳩《はと》が鳴くようにしゃべる南蛮人《なんばんじん》のことばを、日本人の伴天連がそう通訳した。

伴天連たちは得々と切支丹の教義を語ったが、なんのことかさっぱりわからなかった。

献上品のひとつにマリア観音の絵があった。端整でおだやかな顔だちが、あやによく似ていた。信長がたずねた。

「この女人はなに者であるか？」

「御母《おんはは》ビルゼン・サンタ・マリアは、われらが御取り合わせ手にてましします」

つまり、マリアという女は、神ではなく、人間の祈りを神に取り次ぎ、また、神のめぐみを人々に分配する役目らしい。信長はそれ以上、切支丹の教義には興味をしめさず、南蛮の合戦についてたずねた。

一巴は、馬鹿馬鹿しくなった。神でもなんでもないただの女を南蛮の神だと思って祈りつづけていたのである。

――おれの観音は、あやだ。あやに祈ればよいのだ。

そう決めた。あとで日本人伴天連に、マリアの祭文《さいもん》はないのかとたずねた。

「恩寵《ガラサ》みちみちたまふ。マリアに御礼をなし奉る。御主《おんしゅ》は、御身とともにまします。女人のなかにおいて、べねじいた……」

そこまで聞いて首をふった。唱える気は起きなかった。

——まあよい。

そんなことがあっても、鉄炮を放つときの口癖はかえられなかった。

——南無マリア観音。

そう祈って引き金をしぼる。

戦場の修羅場をくぐり、敵を殺せば殺すほど一巴の煩悶《はんもん》と祈りは深くなっていた。

敵の玉に当たって死んでいく味方の鉄炮衆を腕に抱くときも、そう祈らずにいられない。

「おまえさまは、このごろ肩が重そうですこと」
あやが微笑みながらつぶやいた。
「そう見えるか」
「はい。お役目がいろいろたいへんでございましょう。お察し申して
おります」
あやの微笑みが、かなしげに崩れた。一巴は胸が締めつけられた。
この女のためなら、なんでもできる気がした。
あやは、一巴の子を七人産んだ。
子どもたちはみな元気だ。
嫡男の道一の下に、男の子、女の子がいる。
あやを見ていると、何人でも子を孕《はら》ませたくなる。そんなことを思

わせる女はほかに出逢《であ》ったことがない。

「わしが合戦に出ているあいだ、おまえは、なにを考えておるか」

ふふっ、と、あやの目にいたずらな光がみちた。

「おまえさまのことでございますよ」

「わしのなにを考えておる」

「ご無事でいてくださいますように。ちゃんと、帰って来てくださいますように、毎日、お祈りいたしておりますとも」

あやが祈るのは、神仏ではない。

祠《ほこら》や仏堂にも手を合わせるが、むしろ、一木一草、路傍の石や茜《あかね》色の夕焼け空にこそ、こころをこめて手を合わせている。

夫婦《みょうと》になって間もないころ、庭の丸くつややかな小石を拾って愛《いと》おしそうに唇で触れるのを見たことがある。

——不思議なことをする。なにをしていた。

声をかけると恥ずかしそうにうつむいた。

——この小石が、つい愛おしくなりました。夕陽《ゆうひ》を浴びて、なんだか温かそうで。

つぶやいた顔が幼女のようにあどけなかった。

霊や狐狸《こり》の憑《つ》きものでも依《よ》りやすい質《たち》なのかと勘ぐったが、そんなことはいちどもなかった。ただ、こころから泉があふれ出すようになにかを慈しみたくなる女らしい。

浮野《うきの》の合戦で大怪我《けが》をした一巴の命が助かったのは、あやが惜しみなく慈しんでくれたからだ。あやの舌と唇が、命をすくってくれた。

「わしのなにを考えておるか教えてくれ」

一巴はあやの手をにぎった。

夫婦になって二十年以上たつのに、一巴はあやが愛おしくてたまらない。

不思議なことに、あやとなら一夜になんどでも媾合《まぐわ》える。

そんなふうに体と心が猛る女をほかに知らない。若いころ好色だった一巴だが、あやを抱いてから、ほかの女を抱きたいと思ったことはない。

あやの手をとって、一巴は小指を嚙《か》んだ。

あやがすくいあげるような目で夫を見つめた。小指を嚙まれると、あやは痛そうに顔をゆがめる。そのくせ褥《しとね》では嚙んでほしいとせがむことがある。

媾合いながら小指を噛むとあやの火処《ほと》が敏感に反応して一巴をつよく締めつける。それがおもしろくて、一巴はあやの小指を噛む癖がついた。

「痛いのがうれしいのか」

たずねると、あやは首を横にふった。

「いえ……」

「ならば、なぜ」

「おまえさまの痛みがからだに刻まれますから」

「ならば、もっと刻んでやろう」

あやの肩を抱いて口を吸おうとしたとき、厚い雲に鉄炮の轟音《ごうおん》がとどろいた。

その音に一巴は不覚にも怖《お》じけた。立ち上がって若党を呼んだ。

「なにごとだ」

「川原で夜鉄炮の稽古《けいこ》でござります」

自分で放つ鉄炮は、どんなに大きな音であれ驚くことはない。他人の撃つ鉄炮は、たとえ味方のものでも驚かされる。その恐怖には馴《な》れることがない。

「おまえさま」

あやが一巴にすり寄った。獣《けもの》の雌《めす》がするように一巴の首筋に鼻先を寄せ、柔らかい唇でくすぐった。

雌の甘い匂《にお》いを嗅《か》ぐと、一巴のなかで怖じ気が消え、野性の猛りが湧いてきた。

二十三

伊吹山《いぶきやま》は、寝そべった巨大な牛に似ている。

その山麓《さんろく》から西にむかっておのの海にそそいでいるのが姉川《あねがわ》である。水量ゆたかな流れではない。小石だらけの川原に夏草が茂っている。

この細い流れの北に、北近江《きたおうみ》を領する浅井長政《あさいながまさ》の本拠小谷城《おだにじょう》がある。

ゆったりと大きな峰を巧みに利用した山城だ。小谷山は山深い伊吹山系につらなっている。浅井勢としては、ここに籠城《ろうじょう》するかぎり安泰に思える。

麓《ふもと》の清水谷《きよみずだに》に長政のふだんの居館がある。重鎮たちの館《やかた》があり、足軽の住む町がある。そこに八千の将兵が住んでいる。

織田信長《おだのぶなが》の軍勢は、城下の町を焼き払った。長政は反撃せず、山城に籠《こ》もって援軍の到着を待った。越前《えちぜん》の朝倉義景《あさくらよしかげ》が一万の兵をひきいて、こちらに向かっている。

指呼《しこ》の距離で小谷城に対峙《たいじ》する虎御前山《とらごぜやま》に陣取っていた信長は、攻撃の鉾先《ほこさき》を転じる作戦をとった。

二里（八キロメートル）南にある出城の横山城《よこやま》を包囲したのである。

おりしも徳川家康《とくがわいえやす》が五千の兵をひきいて来着。織田の陣にくわわった。

長政は、横山城を救うべく、兵を動かした。

六月二十七日の夜半、おびただしい松明《たいまつ》が移動するのを見た信長はほくそ笑んだ。

「敵はわが術中に陥《おちい》った」

つぶやくと、浅井軍を迎え撃《う》ちにするべく全軍を姉川の南に展開させた。

長政の離反から二ヶ月。ついに機が熟した。壮絶な数と数とのぶつかいあいがはじまろうとしている。

浅井、朝倉軍一万八千。

織田、徳川軍二万八千。

墨流しの闇空《やみぞら》に、ときおり遠雷が光る。野が黄色く照らされる。

夜更けに移動した兵は、そのまま露とともに草に伏している。橋本《はしもと》一巴《いっぱ》は野にうずくまった鉄炮衆《てっぽうしゅう》を見てまわった。

国友《くにとも》仕置きの一件で信長に疎《うと》まれた一巴は、橋本家の郎党《ろうとう》をひきいて先鋒《せんぽう》最前線にいる。

誉《ほま》れある先鋒ではない。

「真っ先に矢玉を浴びて死ね」

信長はそう吐き捨てた。

――どのみち、死んだはずの命だ。

生きて得るのは、煩悩ばかりにちがいあるまい。

一巴は、自分に対して開き直っていた。逐電する先など、あるはずもなかった。尾張《おわり》に生まれ、尾張の渦に巻き込まれた。そこから飛び出せるのは死ぬときだ。

織田の軍勢には、すでに千五百挺《ちょう》の鉄炮がある。

いまでは、各部隊に配属されているので、それぞれの部隊に鉄炮衆の頭《かしら》がいる。

岐阜《ぎふ》を出陣してすでに十日。夜は草に伏し、石を枕《まくら》に寝る。兵の顔に疲労がにじんでいる。

食事は、各自が首からさげた干し飯《いい》だ。水に浸せばすこしは柔らかくなる。薪《たきぎ》が手にはいれば、鉄の陣笠《じんがさ》を鍋《なべ》にして湯を沸かしてもどす。梅干しは一人にひとつ。食べてはいけない。舐《な》めてもいけない。見つめて湧《わ》いてきた唾《つば》を飲んで喉《のど》をしめらす。

足軽たちは、夜明けから日没まで、強い陽射《ひざ》しのなかを駆けまわる。鍛鉄《たんてつ》の桶側胴《おけがわどう》は火傷《やけど》するほど熱く灼《や》けている。陽が落ちて闇につつまれてからは夜襲の恐怖で眠れない。夜中にも叩《たた》き起こされ、走らされる。蚊《か》に刺され、蠅《はえ》にたかられる。気まぐれな組頭《くみがしら》の気晴らしに殴られる。

そんな日が十日もつづけば、どんな屈強な足軽も襤褸《ぼろ》よりみすぼらしく草臥《くたび》れはてる。汗と泥にまみれた兵は人間より幽鬼にちかい。

小競り合いの戦闘がある。骸《むくろ》を埋めるゆとりはない。骸に経を唱える者がいれば、陰気だうるさいと怒鳴る者がいる。冥福を祈る余裕はだれにもない。

闇のなかに、うつろな目をしてうずくまっている若党がいた。遠くの稲光に照らされた姿が異様でみょうに気になった。

「卯吉《うきち》というたな」

「……へぇ」

声にならぬほどかすかにうなずいた。片原一色《かたはらいしき》の百姓のせがれだ。鉄炮衆になりたいと、岐阜の屋敷にやってきてひと月もたたぬうちの出陣である。

「どうした。恐ろしいのか」

一巴がたずねると、素直にうなずいた。

「今日は決戦でありゃあすな」

「そうなるだろう」

「こんな先鋒にいて殺されるかもしれぬと思うと、手も足もまこと動かなくなりゃあした」

一巴はうなずいた。横からだみ声がひびいた。

「たわけぇ。だれが死ぬと決めた。生きればいいがや。勝てばいいがや。わしらは天下一の鉄炮衆だでや。勝たずにどうする。ええか。勝てば褒美《ほうび》が出る。銭がもらえるぞ。女がしこたま抱けるぞ」

せがれの道一《みちかず》である。まわりの男たちが威勢のよい声をあげた。

「浅井の城には、ええ女が大勢おるそうでや。いちばんに駆けつけた者がよりどりみどりに選べるがや。遊び女《め》や百姓女とちごうて、どえりゃあべっぴんがおるがや」

「あほたれ。浅井の御台所《みだいどころ》お市《いち》の方様は、うちの御屋形《おやかた》様の妹君じゃ。まちごうて手でもつかんでみい、それだけで金玉つぶされるぞ」

男という生き物には、女を陵辱《りょうじょく》する本能があるのか。

生死の修羅場に立つと、その衝動がすべての男たちのなかに頭をもたげる。戦場でそれを禁じることは戦うな、というのに等しい。

織田の軍紀は厳格である。

市女笠《いちめがさ》をめくって女の顔をのぞいただけで信長に斬《き》り殺された足軽がいた。しかし、それは平時の京《きょう》の都大路《みやこおおじ》での話である。ひとたび合戦となれば、信長といえども足軽どもの暴走はとめようがない。

卯吉は怯《おび》えて震えている。闇を通しても、おののきがつたわってくる。

こういう足軽の末路は見えている。敵に殺されるか、逃げ出して味方の組頭に斬り殺されるかだ。恐ろしさのあまり惑乱して刀で自分の喉を突く者もいる。

「銀之丞《ぎんのじょう》が、そのあたりにおったたな」

小声で道一にたずねた。

「たしか、あっちにおったでや」

道一はそばにいた足軽を走らせた。

猿楽師の銀之丞はふしぎな男だ。信長の寵愛《ちようあい》をうけながらも、阿《おも》らずへつらわず、操《みさお》を立てるわけでもない。寝たい男と寝て奔放にふるまっている。

ことに合戦となれば銀之丞は劣情が昂《たかぶ》るらしい。戦場のあちこちに出没しては男たちと情を交わす。臆病風《おくびようかぜ》に震える若い男をもてあそぶのがなによりも好きらしい。

すぐに銀之丞がやってきた。闇に稲妻が光ると、白い髑髏《されこうべ》を染めた赤い帷子《かたびら》を着ているのが見えた。

「これはこれは、天下一の鉄炮放ち殿からお声がかかるとは光栄至極。今宵《こよい》の一巴様は、いつになく凛々《りり》しいお顔とお見受けいたします。戯《たわむ》れせんとや生まれたこの世。草葉のかげで抱き合《お》うて、極楽栄華の夢をば見ましょう」

すり寄った銀之丞からは甘い白檀《びゃくだん》が薫った。

銀之丞はどこにいても声が明るい。高まりすぎた緊張をほぐすには役に立つ男だ。一巴は桶側胴の腹から小粒の銀を取り出してにぎらせた。

「わしではない。こいつを頼む」

「一巴様でないとは残念しごく……」

闇のなかで卯吉を見つめた銀之丞が、唇から舌をのぞかせた。

「ひょっひょっひょっ。おうおう怖がって。可愛い坊やでありますのう。ふふ。おいでな、坊や」

卯吉の手を取って藪《やぶ》のかげに消えた。道一がなにかいいかけたのを一巴は目で制した。

合戦となれば、卯吉のように過度の恐怖と緊張で動けなくなる兵がいる。

どういう興趣があるのか、銀之丞はそんな男の魔羅《まら》を猛らせることに欲情するらしい。銀之丞の手管《てくだ》で、命の胤《たね》を吐き出して虚脱すると、恐怖に震えていた男はたいていすすり泣くという。虚《うつ》ろな快楽《けらく》のはてに、ようやく死にむかって開き直る。

空が、藍《あい》色に明るんできた。

敵陣あたりをながめると、灰色の雲の下に色とりどりの旗指物《はたさしもの》が立ちならんでいる。大勢の兵が息をひそめているのを肌に感じる。

立秋のこの日、そろそろ頭《こうべ》を垂れはじめた稲穂が兵馬に踏みつけにされている。熊蟬《くまぜみ》がやかましいほどに鳴きはじめた。馬がいななく。

一巴は、百人ばかりの郎党《ろうとう》たちを見回った。

干し飯をいれて一食分ずつ数珠《じゅず》玉にしばった打飼袋《うちがいぶくろ》や胴乱《どうらん》を、だらしなく無造作に肩からかけている者がいる。

「そんな具合では、いざ鉄炮をかまえるとき、邪魔になってしょうがない」

合戦ではわずかなゆるみが命取りになる。玉入れの玉が取り出しにくいだけで、射撃の速度が遅れ、敵に攻め込まれる。

腹は減っていなかったが、水でもどした干し飯を食べた。味気ないまま噛《か》んでいると卯吉がもどってきた。放心した顔をしている。

「どうだ。走れるか？」

先鋒の最前衛である。いまさら帰すわけにはいかない。弱い者、怖《お》じけた者はここで死ぬ。

「あんたの鉄炮、どの大将のより立派だったわよ」

銀之丞が婉然《えんぜん》とほほえんだ。

「こんどは、天下一様の鉄炮をね。くふふふ」

笑いながら声を残し、赤い帷子の白い髑髏が薄明にまぎれて消えた。

くっくっ、と、卯吉がちいさく笑った。これならなんとか走れそうだ。

「てつはう　天下一」の大旗が立ててある。

一巴はそこに立った。

「いよいよ決戦だがや。みなの者、押しに押して、押しまくれ。数はこちらのほうが圧倒的に多い。鉄炮の上手《じようず》がこれだけそろうておる。負けるはずがない」

塩硝は種子島《たねがしま》から清三《せいぞう》が送ってくる。今井宗久《いまいそうきゆう》の船で堺《さかい》に着く。それを各部隊六十斤《きん》（三六キログラム）ずつ割り当てた。六匁《もんめ》玉にして八千発分だ。最低限の必要量は確保できている。木下秀吉《きのしたひでよし》がさらにたくさん欲しがって宗久に手紙を書いたらしい。欲の深さは生きる力の強さだと思った。

寅《とら》の下刻（午前五時）に夜が明けきった。厚い雲からときおり小雨が降る。こんな日は、鉄炮の不発が多い。

かすかな風が、田畑に吹きわたる。

田と田のあいだ、畑と畑のあいだに、風よけの木立が植えてある。見通しがきかない。どこから敵があらわれるかわからない。

ときおり遠雷にまじって銃声がとどろく。敵か味方か、こらえきれずに鉄炮を放つ者がいる。だれもが死にたくない。死なぬために敵を殺す。

もうこれ以上我慢できないほどに待ちくたびれたとき、川のむこうで連続して銃声がとどろいた。雄叫《おたけ》びが湧き起こった。法螺貝《ほらがい》が鳴り響く前に、戦闘がはじまった。

「さあて、鉛の玉を馳走《ちそう》してくれよう」

大地がどよめいている。姉川の両岸に五万の人間が犇《ひし》めいている。

殺し合いがはじまる。一刻《いっとき》ののちに生きていられるかどうかだれにもわからない。

鉄炮衆が川原に筒をならべると、はるか左手で吶喊《とっかん》の雄叫びが湧き起こった。

むこう岸から何千もの旗指物の群れが押し寄せてくる。

徳川の旗が前に走った。鉄炮の音と男たちの喚《わめ》き声が大地をゆるがした。川の真ん中で斬り合いがはじまった。

「徳川はつらそうだ」

組頭の金井与助《かないよすけ》がつぶやいた。三河《みかわ》から駆けつけたばかりの兵は疲労が激しいにちがいない。

一巴は指揮杖《しきじょう》を高くかかげた。正面の敵が二百歩むこうに迫っている。敵の筒先がこちらに向いている。

「放て」

前列の五十人がいっせいに引き金をしぼった。二列目が駆けて水際に列を布《し》き、即座に玉を放った。

敵からも鉄炮を放ってくる。

こちらの何人かが斃《たお》された。

「いかん」

敵の勢いがすさまじく強い。足軽が津波になって押し寄せてくる。槍《やり》衆が川をわたってくる。三間《げん》（五・五メートル）の長柄《ながえ》槍《やり》が穂先をならべて突進してくる。浅く狭い川だ。たちまちのうちに押し寄せてきた。

「刀を抜け。斬り結べ」

浅井の軍勢は力が漲《みなぎ》っている。

一巴たちの後ろにいた坂井政尚《さかいまさひさ》のひきいる三千人が、喊声《かんせい》をあげて飛び出してきた。

弓衆が矢を放ち、槍衆が突き進む。

織田の長柄槍は三間半だ。浅井より半間長い。ぶつかればこちらが勝つはずだが、勢いがあれば、槍の長さなど問題ではない。

浅井勢が突進してくる。人だ。敵だ。兵だ。鬼だ。

太く長い長巻《ながまき》の刀を横抱きにした武者が刃を薙《な》いで斬りかかってきた。とっさに六匁玉筒の銃身でうけた。強い衝撃があった。長巻と鉄の筒が嚙み合い、互いに力任せに押し合った。

一巴は鉄炮を手放し、後ろに飛び退《すさ》った。

武者が体勢をくずしてよろめいたところを刀を抜いて首を狙《ねら》った。

刀がそれた。また、長巻が襲ってきた。転げてよけた。長巻が頭上から襲ってきた。首を狙ってくる。転がってよけた。武者の懐に飛び込んで、喉当てのすきまを刀で狙った。ずぶりとめり込んだ。武者は倒れて起きあがらなかった。

鉄炮を拾って、あたりを見回した。

一巴の部隊はちりぢりだ。後備《あとぞな》えの坂井隊、木下隊、柴田《しばた》隊が突進してきている。

川のなかでおびただしい人数が入り乱れている。大勢の人間が倒れている。野の草が、川原の小石が、川の水が、血で真っ赤に染まっている。

「ひるむな。押せ、押せ」

どちらの大将が叫んだのか、もはや、わからない。天下一の大旗を探したが、見あたらない。鉄炮衆は強いのか、弱いのか。それもわからない。

見覚えのある若者が川から駆けもどってきた。卯吉である。

「退《ひ》けば、斬り殺される。前だ。おまえが駆けるのは、前しかない」

「もういやだ。もういやだ。こんな地獄にいられるものか。帰るがや。尾張に帰るがや」

泣き喚いている。

「たわけ」

一巴は鉄拳《てっけん》で卯吉の頬《ほお》を殴った。

「後詰《ごづ》めの目付に斬られるだけでや。性根《しょうね》をすえんか」

卯吉はその場にへたりこんだ。一巴は胴を蹴飛《けと》ばした。

「しっかりせえ」

味方の鉄炮衆が何人か戻ってきた。兜《かぶと》のてっぺんに父より立派な孔《く》雀《じゃく》の羽根をひろげているのはせがれの道一だ。

「たわけ。逃げるな。戻れッ」

道一の目が、面頬《めんぽお》の奥で恐怖におののいている。

「まっ、負け戦じゃ。あっ、浅井は、死にもの狂いで襲ってくる」

せがれの両肩をつかんで大きくゆさぶった。

「間抜け。しっかりせえ。これがあたりまえの合戦でや。刀を握れ。

突っ込んで敵を突け。生きたければ殺せ」

道一が泣きべその顔をしている。

「親父《おやじ》……。親父殿……」

浅井の足軽が一団となって駆けてきた。一巴は鉄炮に火縄をつがえて火蓋《ひぶた》を切った。すぐに放つと一人が倒れた。ひるまずに駆けてくる。殺意が怒濤《どとう》となって押し寄せてくる。

「おみゃあ、鉄炮はどうした？」

「どこかへいってもうた」

「あほたれ、そんなことで……」

浅井の足軽が駆け寄せてきた。どの顔も具足も手足も血まみれだ。

もはや人ではなく修羅である。刀を抜いた一巴は足軽の腕を斬り落とした。

道一は立ち尽くして震えている。小便を漏らしている。

「たわけ。笑って殺すがよい。もはや大口はたたけぬぞ」

刀を振るって斬り結びながら、一巴にはみょうな笑いがこみ上げてきた。全身が痺《しび》れるほどに高揚している。いまなら斬られても痛くないだろう。

そこらじゅうで組み討ちがつづいている。修羅が羅刹《らせつ》を殺し、羅刹が鬼を食いちぎる。

後詰めの柴田、森《もり》、佐久間《さくま》の衆が陸続と駆けてきた。川を渡って行く。流れが変わったようだ。

「おう。崩れているのは浅井でや。あれをよく見よ」

黒地に二本金筋の旗は信長の馬廻衆《うままわり》だ。本隊がここまで押し出してきたのなら、こちらが勝っているのだ。

「一巴殿。なにをもたもたしておる。駆けよ、駆けよ。いまこそ手柄の立てどきじゃ」

声の主を見れば、佐々成政《さっさなりまさ》であった。

馬上でそれだけ言い捨てると、そのまま駆けて行った。怒濤のごとく、家来たちがあとにつづいた。

一巴が駆けると、せがれがあとについてきた。

「てつはう　天下一」の旗が立っている。そばに三蔵《さんぞう》と志郎《しろう》の姿が見えた。ちりぢりになったと思っていたが、旗のまわりには、五十人ばかりの橋本の郎党がまとまっていた。

三蔵が指揮して、突撃のかまえをとらせていた。

「駆けるがや。よいか」

「親父……」

「なんだ」

「おれは、おみゃあ様のことを見くびっておった」

「そんなことはどうでもよい。いまはただ駆けよ」

攻《せ》め鉦《がね》が気ぜわしく響いている。兵が駆けている。怒濤のなかにいた。一人の人間はなに者でもない。波となって力となる。

川を渡った織田軍は、勢いに乗じて浅井軍を押した。

左翼では、徳川軍が朝倉軍を押した。

午《ひる》までの戦闘でほぼ決着がついた。浅井の将兵は小谷山に駆けもどり城に籠もった。

未《ひつじ》の刻（午後二時）に貝が鳴りわたった。退《ひ》けの合図である。あたりにはもう浅井、朝倉の兵はいない。ただ血に染まった屍《しかばね》だけが転がっている。

この合戦で、両軍あわせて一万五千六百人の戦死者があったとの記録がある。すさまじい数というしかない。

見たくなくても、目は自然に屍に吸い寄せられる。首のないもの、脚のないもの、腕のないもの。恨めしそうに空を睨《にら》んでいるか、苦悶《くもん》に顔をゆがめている者が多かった。死ねずに呻《うめ》いている者もなお多い。

織田軍が勝《か》ち鬨《どき》をあげた。

成政は、敵の一手の大将の首を取ったらしく、はなはだ気勢があがっている。勝った者がいれば、負けた者、殺された者がいる。それが戦《いくさ》だ。

——勝った。

という歓《よろこ》びは、一巴にはなかった。

狂乱のはての虚脱が全身を浸している。どんなに冷静なつもりでいても、合戦は血の沸騰だ。血が滾《たぎ》らなければ、敵を殺すために駆けられない。引き金にかけた指さえひけない。

「卯吉はどうした？」

与助にたずねた。与助が首をふった。腰にはさんでいた髷《まげ》を差し出した。

「敵と組み討ちになってやられました」

「そうか……」

一巴は曇ったままの空を見上げた。うつむくと涙がこぼれそうだった。なにも考えたくなかった。

二十四

岐阜《ぎふ》稲葉山山麓《いなばやまさんろく》の織田信長《おだのぶなが》の居館に、武田信玄《たけだしんげん》から一駄の荷が届いたのは、元亀《げんき》四年（一五七三）正月のことである。

初春のおだやかな日和《ひより》ほどに、ゆるりとした新年ではなかった。

姉川《あねがわ》の合戦から三年。諸国の大名は同盟を結んで信長包囲網を強化しつつある。

そんななか、去る十月、信玄が三万の大軍を進発させた。

向かうは、徳川家康《とくがわいえやす》が領する遠江《とおとうみ》である。

家康から救援をもとめられた信長は、急遽《きゅうきょ》三千の援軍を派遣した。

十二月二十二日、武田軍と徳川軍は三方原《みかたがはら》で激突。家康が敗北した

との早馬がとどいている。

そんなおりの荷である。信長は眉《まゆ》を顰《ひそ》めた。

「開けてみよ」

庭で菰《こも》包みを解かせると黒塗りの櫃《ひつ》が出てきた。蕾《つぼみ》のついた梅の枝

がのせてある。枝に文が結んである。

馳走《ちそう》の段、有り難きことかぎりなし。武者も蕾は、香が足らじ。

願わくば、深き香を所望いたしたく候《そうろう》。

末尾に信玄の署名と花押《かおう》があった。

櫃の蓋《ふた》を開けると、若武者の首がはいっていた。

援軍に送った平手汎秀《ひらてひろひで》の首である。

十九歳の汎秀は、三方原で信玄とぶつかったとき、たちまち討ち死にしたと聞いていた。笑われているのは、汎秀より信長である。

織田信長と武田信玄は、形のうえでは同盟関係にある。

信長は、自分の養女を信玄の子武田勝頼《かつより》に娶《めあわ》せて縁戚《えんせき》関係をむすび、その後も毎年豪奢《ごうしゃ》な贈り物を怠らなかった。信長の真意を疑った信玄が、贈答品を梱包《こんぽう》した漆《うるし》の箱を削らせると、厚くしっかりした塗りだったので、信玄が唸《うな》ったとの話がある。

家康への援軍派遣は、とりもなおさず、その信玄に刃向かうことだった。

送られてきた平手汎秀の首は、信玄からの断交宣言である。

信長は、祐筆《ゆうひつ》に筆をとらせた。

家康わかげの故、相違のことあるに付ては、あつかい候《そうら》えとて、我等者共、指つかい候所に、合戦仕り、御成敗の儀尤《もっとも》候《そうろう》間《あいだ》……。

家康が若気の至りで信玄に合戦をいどんだのを止めるために、家臣を派遣したのだ、と書かせた。平手の家は断絶するとつづけさせている。

——次の手をどう打つか。

信長は書院にすわって、顎《あご》をなでた。

手紙での取りつくろいを、信玄が信じるとは思っていない。それはほんのわずかの時間かせぎだ。

なんとか手を打たねばならない。

三方原で圧勝した信玄は、浜松《はままつ》の北の引佐《いなさ》に陣を張って年を越した。間もなく尾張《おわり》、美濃《みの》にやってくるだろう。

信玄は、今川義元《いまがわよしもと》などより、よほど手強《てごわ》い恐ろしい渦である。

軍勢は、兵站《へいたん》の補給部隊をもたず、自賄《じまかない》で進軍している。長期滞陣の食糧を現地で調達するのだが、信玄は敵軍以外からは、けっして略奪しない。農民や地侍から調達した米には、利息をつけて返すことを約束している。

利息は三ヶ月に三割。

信玄の人気は大きくあがり、よろこんで米を提供する地侍たちが増えている。

こうなれば、流れは信長ではなく信玄にかたむく。

甲斐《かい》から巻き起こった信玄の渦が大きくひろがる。

なんとしても進撃を押しとどめなければ、信長まで信玄の渦に呑《の》み込まれてしまうだろう。

兵力に余裕はない。信長の軍勢は、近江《おうみ》、京《きょう》はもとより各地に展開している。東の備《そな》えに割く軍勢はない――。

木下秀吉《きのしたひでよし》の麾下《きか》に組み込まれ、浅井《あさい》を攻めていた橋本一巴《はしもといっぱ》への呼び出しがかかったのは、そんなときであった。

岐阜稲葉山山麓の御殿に出向くと、信長は縁側にすわり、小姓に爪《つめ》を切らせていた。

一巴は、庭からの拝謁であった。

庭に平伏すると、稲葉山のうぐいすが啼《な》いた。谷渡りの音《ね》がかろやかだ。

「信玄を撃《う》ってこい」

つぶやいた信長は、一巴など見ていなかった。

三河野田城《みかわのだ》は、小さいながらも頼もしげな城である。

豊川《とよがわ》を睨《にら》んで南北にのびる細長い峰の上に、本丸、二の丸、三の丸がつづき、峰の両脇《りようわき》に谷川を堰《せ》き止めた広く深い堀がある。堀というより、むしろ魔物でも棲《す》んでいそうな深い淵《ふち》で、名も龍淵《りゆうがふち》と呼ぶ。

ただし、峰の上の大手門と下の搦手門《からめて》の防備が弱く、堅固とはいえない。

その城が、信玄ひきいる三万の武田の大軍に囲まれている。

野田城の兵は四百。囲まれてすでにひと月。よくぞ持ちこたえたのは、城方の士気が高いからだ。信玄は、金掘《かなほ》り衆に横穴を掘らせ、井戸の水の手を断ち切った。

一巴は、わずかの従者をつれて、この野田城にやってきた。夜陰にまぎれて包囲網をくぐり抜け、搦手から城にちかづいた。

赤々と篝火《かがりび》が燃えている。門の櫓《やぐら》に槍《やり》を手にした番卒が立っていた。

「織田の手の者でござる」

声をかけると、いきなり矢が飛んできた。

「たわけぇ。味方だがや。目ん玉かっぽじって、この旗をよお見んといかんでや」

永楽銭《えいらくせん》の指物《さしもの》を出してひろげた。

しばらく、なにかを話し合っているようすだった。

「入れてやれ。武田の間者《かんじゃ》に、あんな尾張ことばは話せまい」

そんな声が聞こえた。

用心してか門は開かず、土居《どい》の上から梯子《はしご》が降りてきた。それを登って城内に入った。

「織田の者だとの証拠はあるか？」

足軽衆に囲まれ、槍を突きつけられた。

「永楽銭の旗指物が信じられぬか」

「そんなものは、盗めば事足りる」

「おみゃあら、鉄炮《てっぽう》狂いの一巴を知らぬか。尾張浮野《うきの》の弓と鉄炮の射《い》かけ合い、聞いたことないか」

一巴と似たような年回りの組頭《くみがしら》が手を叩《たた》いた。

「聞いたことがある。阿呆《あほう》な武者が二人、ひの、ふの、みぃで、鉄炮と弓の撃ち合いをして、鉄炮が生き残ったとの話、聞いたことがある」

「その生き残りがわしじゃ。誉《ほま》れの傷を見るがよい」

一巴は具足の片肌をたくして、右の腋《わき》を見せた。ざっくりと大きな傷痕《きずあと》が残っている。

男たちがしげしげとそれをながめた。

「わかった。傷よりなにより、おぬしの気性を信じよう」

組頭の先導で奥の座所に通され、城主菅沼定盈《すがぬまさだみつ》に拝謁した。

両脇に鎧《よろい》を着た重臣たちが並んでいる。

「信玄めを撃ち取りに参上つかまつった」

一巴は膝《ひざ》をすすめたが、定盈は眉ひとつ動かさなかった。

「さようなことができるか。夢物語は聞きとうない」

「こんな鉄炮を用意いたしました。信玄の姿さえ見えれば、なんとしても撃ち取ってご覧にいれる」

革袋から取り出したのは、十三匁玉《もんめ》（四九グラム　口径二〇ミリ）のどっしりと太い筒だ。この筒をつかえば、かなり離れていても命中させる自信がある。信長の命令からすぐに出発しなかったのは、国友《くにとも》藤兵衛《とうべえ》に新しくこの筒を張り立てさせ、二町《ちょう》（二一八メートル）離れた的を正確に射貫けるよう照準を調整していたからである。

三十匁、五十匁の太すぎる筒では、狙《ねら》いが正確にさだまらない。

細い筒では射程が短い。

この筒が、ちょうどころあいなのだ。

「信玄は姿を見せましょうか」

「ときに、あれが信玄かと思うことがある。しかし、遠すぎて、われらの鉄炮ではとても当てられない。いかに近くにおびき出すかが難題よ」

菅沼家の家祖菅沼資長《すけなが》は、大釘《おおくぎ》三本を指で抜く怪力であったという。それにちなんで家紋は釘抜きだ。

伝わる逸話は豪儀だが、家風は洗練されている。

定盈や居ならぶ重臣たちは、みな髷《まげ》を解いて大童《おおわらわ》にしているが、月代《さかやき》をきれいにそり上げ、凛《りん》とした気魄《きはく》を漲《みなぎ》らせている。戦って生きる。戦って死ぬ。どちらであれ、おのれの一分《いちぶん》をつらぬく面構《つらがま》えだ。

館《やかた》にはあまい香りがただよい、どこかで笛の音が響いている。

「武田の本陣が見える場所がござろうか」

一巴がたずねると、定盈がうなずいた。

若党が障子を開けると、谷をはさんだ峰にいくつもの篝火が見えた。

そこここに、風林火山《ふうりんかざん》の旗印が立っている。

縁に出て、あたりを見回した。おびただしい数の火が、峰や野に燃えている。

「あれよ。あのいちばん上が本陣らしい」

夜目にも、白い陣幕の張ってあるのが見えた。

——遠い。

人が米粒にしか見えぬ距離だ。本陣まで三町（三二七メートル）はある。人体に命中する距離ではない。

「せめて、あのあたりまで来ぬものか」

真っ黒な堀の水面《みなも》に、篝火が映っている。

「あの龍淵のうえが物見所になっておる。いつも侍大将か物頭《ものがしら》がおって、こちらをうかごうておる」

定盈が指をさしたのは峰の中腹だ。目をこらすと、百足《むかで》の旗が立っている。信玄の馬廻《うままわり》をつとめる使番《つかいばん》の旗である。そこならばこの本丸からでも二町の距離。土居の上に立てば、もっと近寄れる。

「あそこにいるなら……」

一巴は鉄炮をかまえた。重い筒だが一町先の桶側胴《おけがわどう》を確実に撃ち貫ける。

目当ての先に、武者の姿が見えた。小豆《あずき》粒ほどに小さいが、その距離の射撃でも打ち損じはないほどの修練を積んできた。

「当てられる。なんとか信玄をおびき出す策はないものか……」

「そんな策があれば、苦労するものか」

重臣の一人がつぶやいた。

山里の春は遅く、開けはなった障子から冷え冷えとした夜気が入り込んでくる。

夜気とともに、かすかな笛の音が聞こえる。

しばし、耳をかたむけた。

嫋々《じょうじょう》として人を惹《ひ》きつける旋律である。音色は、ゆるやかに始まり、うねり、猛り、はげしく漆黒の闇《やみ》をゆさぶり、やがて止んだ。

笛の音がとだえると、闇がひとしお深くなった。

「あれは……」

「伊勢山田《いせやまだ》の笛の名人で、村松芳休《むらまつほうきゅう》ともうす者。たまさか城内に逗《とう》留《りゅう》しておったところを武田に囲まれてしもうた。逃がしてやるというたのだが、この城にいたのがわが一期《いちご》のさだめ、と笛ばかり吹いておる」

「あれだけの笛ならば、信玄も愛《め》でましょう。敵陣にむけて聴かせればいかがであろうか。存外、龍淵のあたりまで、お出ましあるかもしれませぬ」

すぐに芳休が呼ばれた。

若いが思慮深げな男で、丸めた頭が美しいかたちをしている。若草色に白雲を染め抜いた小袖《こそで》は、よく見れば、雲の上に雷神が立っていた。

「笛と雷神とは、みょうな取り合わせだな」

一巴は首をかしげた。たおやかな笛の音と雷鳴は似合わない。

「いえ。春風のそよぎのごとき音色とて、底には天地をとどろかせる雷鳴を秘めておらねばならぬとの考えにございます」

一巴は大きくうなずいた。それほどの意識がなければ、あれだけ芯《しん》の強い笛は吹けまい。この男の笛ならば、信玄を引き寄せることができるだろう。

さっそく、ことのしだいを説明して龍淵に行った。

土居に立つと、むこうの峰の篝火が大きく見えた。淵にはいくつもの炎が揺らめいているが、まわりは深い闇がひろがっている。

芳休が、横笛を唇につけた。

いきなり激しい旋律から始まった。春の野分《のわけ》が吹きすさぶような音色に、一巴は度肝を抜かれた。定盈《さだみつ》や重臣たちも驚いている。敵陣では、番卒ばかりでなく、侍大将がこちらのようすをうかがっている。

やがて、笛の音は、哀調をおびてゆるやかに流れた。月が冴《さ》えるような、星がきらめくようなかそけき音である。ついつい、耳をそばだてて、ちかくに寄って聴きたくなる。敵陣の侍大将が、まさに耳に手を当てて聴き入っている。音色の強弱、緩急が自在で、聴き入る者は、つい翻弄《ほんろう》され惹き込まれてしまう。

峰の中腹に、雄壮な兜《かぶと》をかぶった侍たちが集まって来た。武田の宿将であるらしい。一巴は舐《な》めるように目を細めて凝視した。

一巴がその気になって目を凝らせば、二町先の男の顔が判別できる。もとからそんなに目がよかったわけではない。修練のたまものであった。鉄炮を手にしてからというもの、一巴は毎日毎日、遠くを見ていた。空の鳶《とんび》、野の果ての花、はるかな山の梢《こずえ》。見ていれば、しだいに大きく見えてくる。

信玄の風貌《ふうぼう》は、細作《さいさく》（間者）から教えられている。

魁偉《かいい》にして、眼光鋭く、鼻の根太し。白熊《しろくま》の兜を好み、悠揚迫らぬ大器の風貌なり。

信玄には、幾人かの影武者がいるらしい。白熊の兜をかぶっているからといって、信玄とはかぎらない。神算鬼謀で名高い将である。仮に姿をあらわしても、まずは影武者と疑ったほうがよかろう。龍淵のむこうの物見所に人が集まってきた。一巴は、いつでも射撃できるように火皿に口薬《こうやく》を盛り、火蓋《ひぶた》を閉じた。見れば、むこうでも鉄炮のしたくをしている。

三方原の戦勝を祝して、木曾義昌《きそよしまさ》が、信玄に五十斤《きん》の塩硝を贈ったとの諜報《ちょうほう》がとどいている。武田軍には四百挺《ちょう》の鉄炮がある。名人上手《じょうず》の放ち手も育っているだろう。

こちらが撃てる距離ならば、むこうからも撃てる。それを忘れてはならない。

「用心されよ」

芳休に声をかけた瞬間、轟音《ごうおん》が淵にとどろいた。つづけざまに五発。笛の吹き手を狙っての闇鉄炮だ。音からして六匁以下の細筒だが、鎧《よろい》を着ていない芳休に当たれば命にかかわる。

「土居の陰で吹かれるがよい」

声をかけたが、芳休は動かない。

武田も、それ以上は撃ちかけてこなかった。

芳休は、笛を吹きつづけた。

夜が白むまで、ときに激しく、ときに嫋々と吹きつづけたが、信玄らしい武将は、ついぞあらわれなかった。

「今宵《こよい》もまた狙うのか」

あたりが暗くなりかけて、一巴が土居で鉄炮をかまえていると、声をかけてきた男がいた。野田城の鉄炮頭鳥居三左衛門《とりいさんざえもん》だと名乗った。顎の骨が角張った木訥《ぼくとつ》そうな男だが、手にした六匁玉の筒は手入れがゆきとどいている。真鍮《しんちゅう》のからくりが気持ちよく磨き込んである。

「仕留めるまで狙うがや」

一巴の答えにはうなずかず、龍淵のむこうの峰を見すえた。

「撃ち損じたら、二度と姿は見せまいの」

「一発で仕留めればよかろう」

「この距離で、それができるか」

「できなければ、わしがここまで来る理由はない」

この城にも、鉄炮放ちがいることは知っていた。長い籠城《ろうじょう》で撃ち取れなかったのだ。三左衛門も「わしが……」とは、言わない。

ちいさくうなずいた三左衛門が一巴の鉄炮を珍しそうに見ている。

「持ってみるか」

「よろしいか」

さしだすと、自分の鉄炮を若党に持たせ、両手でうやうやしく受けとった。

頬《ほお》に当ててかまえている。しっかりした姿勢だ。

「おみゃあさんたちの城だ。狙うてみるか」

よそ者に過ぎない一巴が、突然あらわれて敵将を仕留めたら、三左衛門はおもしろくないだろう。

土居の上に銃身だけ出してかまえている。

しばらくそのままの姿勢でいたが、唇を舐めた。

「口惜《くちお》しいが、当たりそうもない。一巴殿は、まことに自信があるのか」

「ある」

即座に答えた。

「必要とあらば、われらも玉薬《たまぐすり》を強めいっせいに射撃いたすが」

「いや、ここに鉄炮の気配があれば信玄は出てくるまい」

「さようであろうな」

「ただ……」

と、一巴がつづけた。

「わしは信玄を知らぬ。貴公は見たことがあるか」

「ある」

三左衛門が力強くうなずいた。

「物見に出て本陣まで迫ったおり、しかと見さだめた」

「影武者がおるというが」

「一人だけだ。顔はたいして似ておらぬ。白熊の兜は同じでも、顔つきに将器がない。見ればひと目でわかる」

「この距離ゆえに案じておる」

むこうの物見所にいる人の姿は見えるが、距離があるので顔を見極めるのはむずかしい。まして、知らぬ人間を判別するのは困難だ。

「なるほど。だが、わしならば見分ける自信がある」

「目がよいか?」

「いや、人を見分けるのは顔だけではない。人にはおのずと、気韻がそなわっておる。その気韻を見抜けば、けっしてまちがいはせぬ」

一巴は、三左衛門の顔を見た。はったりを口にする男ではなさそうだ。

「ならばお願いしたい。ぜひ信玄を見極めてくれ」

一巴が頭を下げると、三左衛門も深々と頭を下げた。

夜の闇がおりると、芳休が笛を吹いた。

昨日とはまた興趣を変えた音色である。即興で吹いているらしいが、同じ旋律を二度くり返すことがなく、芳醇《ほうじゅん》にして繊細、枯淡にして饒《じょう》舌《ぜっ》、変幻自在に音色をあやつるので、つい耳をそばだてたくなる。

月が昇って、あたりの野山を明るく照らした。春の朧月《おぼろづき》で、みょうに赤みをおびている。

龍淵のむこうの峰に、昨夜《ゆうべ》よりも大勢の武者たちがたむろしている。

一巴は、目を凝らした。

笛の音を肴《さかな》にしようというのだろう。武張った宿将たちが、床几《しょうぎ》をならべて酒を酌《く》んでいる。すでに勝ちをわが手にした余裕が感じられた。

信玄を探した。

――気韻。

だと三左衛門はいった。大将の気韻をそなえた男はいるか――。

いなかった。

あらためて眺めると、谷も野も武田の軍勢が犇《ひし》めいている。あちこちで火が燃えている。火を囲んで酒を呑んでいるらしい。夜気をとおして、にぎわいが伝わってくる。

しばらくして、龍淵のむこうに、ゆるりと白い兜があらわれた。

白熊の兜だ。目を凝らした。まさに容貌《ようぼう》魁偉。信玄か。三左衛門の顔をうかがった。

「ちがう。もっと大きな鼻の男だ」

一巴にさえ、この距離では鼻の大きさなど判別がつかない。

肩の力を抜いて、下腹でゆっくり呼吸した。二の腕の筋がこわばっていた。よほど目を凝らしすぎたのだ。首と腕をまわしてほぐした。

笛の音が、ひときわ高く響いた。まったく、芳休という男には天賦《てんぷ》

の才がある。まだ浅い春の朧月夜にふさわしい妖艶《ようえん》な音色が、龍淵に
ひびきわたっている。この音色に惹かれてあらわれないとは、信玄も
たいした男ではないとさえ思えた。
「出てきた。あそこだ」
三左衛門が、小声でつぶやいた。
「よく見てみろ。白熊の兜から、ふたり置いて右。甲冑《かっちゅう》ではなく、
胴服《どうぶく》を着た男がいるだろう。鬢《びん》の髯《ひげ》が濃い男だ」
言われて目を眇《すが》めたが、よくわからない。
――やはり、遠すぎるか。
それでも目を大きく開いて見つめつづけると、たしかに鬢の髯の濃
い男がいる。あたりを圧するほどの存在感がある。まちがいなく信玄

か——。

居ならんだ武者たちの真ん中から三人目。

たしかに見える。

だが、小さい。

睨《にら》んだ。一巴は右目に全身全霊をこめて睨みつけた。

一世一代の玉を放ってみせる。この一発で、信玄という大きな渦を食い止めてみせる。まなこから血が迸《ほとばし》るかと思うほど睨みつけると、小豆粒ほどしかない標的が、目当ての先で、大きくふくらんできた。

——よし。

見えた。当たる。土居にすえた銃身は、ぴくりとも動かない。かならず当たる。一巴は大きな音を立てて首の骨を鳴らした。

しずかに火蓋を切って、指をしぼった。

――南無マリア観音。

火挟《ひばさみ》が落ちる寸前、一巴は指をとめた。

若党がひとり、信玄の前に立ったのだ。こちらを見ている。淵をへだてて一巴の殺気を感じとったのかもしれない。盾《たて》にでもなっているそぶりに見える。

――さて。

一巴は、頬から銃床をはなした。若党が立っているかぎり、鉄炮は放てない。

――力みすぎたか。

首をまわして、力を抜いた。殺そう殺そうの殺気は、どんなに距離をおいても、鋭敏な武者にさとられるのかもしれない。

べつのことを考えることにした。いちばんいいのは、女のことだ。

あやを思った。

年をとると、男たちは妻に色気を感じぬという。妻は女ではないという。一巴はそれが不思議だ。一巴にとって、あやより色気を感じる女はいない。若い女などにはまるで興趣が湧《わ》かない。あやの閨《ねや》の声をおもえば、一巴は自分のなかから命の活力があふれてくる気がする。

気持ちがほぐれた。ゆるゆるとした気分になった。

そのままで待った。信玄の前に立った若党はどかない。長い時間が過ぎた。笛の音は、ときに激しく、ときに切なく、絶えることなく続いている。

信玄をさえぎるように立っていた若党が、立ち去った。

一巴は鉄炮をかまえた。なにも思わず、引き金をしずかにしぼりかけて、首をふった。

――ちがう。なにかがちがう。

一巴の天性の勘が、そう囁《ささや》いている。なにがちがうのかは、よくわからない。それこそ、人のもつ気韻というやつだ。

「三左衛門殿。すまぬが、もう一度見てくれ。まこと、あの男か？」

鳥居三左衛門が、目を凝らした。

静かに息を吐き出した。

「すまぬ、……ちがったようだ。今宵はよしたがよかろう」

それだけつぶやくと、首をふって、先にひきあげてしまった。残された一巴は、しかたなく、夜明けまで、敵の物見所を見つめていた。

翌日、闇にしずむ野田城に、また笛の音がひびいた。

龍淵のむこうの物見所に、武田の宿将たちが集まってきた。

一巴は、目を凝らした。

――貌《かお》を見るな、気韻を感じろ。

自分にそう言い聞かせた。

何人もいる宿将たちのなかで、筒を向けたくなるのは、やはり、白熊の兜の男だ。昨夜、三左衛門は、ちがうと言った。

今夜も、三左衛門がそばにいる。

「見てくれ。わしには、やはり、あの白熊の兜が信玄に思えてならぬのだ。ちがうのだろうか」

黙って見つめていた三左衛門がうなずいた。

「ご心眼の妙、おそれいった。まこと。あれこそ信玄。昨夜《ゆうべ》は、妬心《としん》にかられ、嘘《うそ》をついてしもうた。されど、それだけの慧眼《けいがん》、わしなどは足もとにもおよばぬ。みごと撃ち果たされよ」

一巴はうなずいた。あらためて筒をかまえ、目当てで白熊兜の男をとらえた。どっしりとした男だ。しっかりと大地に立ち、なお天を目ざすゆるぎない気韻がある。

一巴は、迷わず引き金をしぼった。

閃光《せんこう》が、闇を切りさいた。

芳休の笛は雷神のごとく猛り、鳴りひびいたが、やがておだやかにたゆたい、静かな余韻を残して消えた。

玉は当たったはずだが、武田軍は、翌日もその翌日も包囲をとかなかった。

――当たらなかったのか。それとも別人か。

一巴は悩まざるを得ない。銃撃の夜以降、物見所には使番しか立たなくなった。

「玉はちゃんと当たったのを、わしが見届けた。武田の軍勢は、信玄ひとりを棟梁《とうりよう》として仰ぐのではない。宿将たちがみな同格で指揮をするゆえ、信玄ひとりを殺しても詮《せん》ないのかもしれぬ」

三左衛門がそう言ってくれたのが、救いだった。

半月後、水の手の涸《か》れた野田城は城を開いた。

開城に際して、信玄は姿を見せなかった。

城主菅沼定盈《さだみつ》は、腹を切るつもりでいたが、なぜか死を強いられることはなかった。降伏すれば、それで許された。

そのまま西に向かうと思われた武田軍は、進撃を中止した。軍を反転させ、甲斐にもどる道をえらんだ。

織田の諜者《ちょうじゃ》の報告によれば、野田城から進路を反転させた武田の軍列にはあらたに輿《こし》が加わり、胸に包帯を巻いた大男が苦しげに横たわって乗っていたという。

その男が、信濃《しなの》の伊那谷《いなだに》の駒場《こまんば》で死んだことを聞いて、一巴は胸をなでおろした。

二十五

長島《ながしま》は、濃尾《のうび》平野を流れる何本もの河川が合流して伊勢《いせ》湾にそそぐ河口にある。

いまは三重県に属しているが、戦国のころは尾張河内《おわりかわち》と呼ばれていた。

河川の流れが現在とはずいぶんちがっている。

このころ、木曾《きそ》川、長良《ながら》川、揖斐《いび》川の濃尾三川ばかりでなく、おびただしい川がこの場所で合流し、海にそそいでいた。

川幅数里にわたる広い一帯にいくつもの中州が浮かんでいる。

はなはだしく広大で、州のどこに立ってどちらを眺めても、陸と空、川と海、海と空のさかいさえ灰色に霞《かす》んでいる。

川面《かわも》と同じ高さの中州は、増水すればたちまち水に没してしまう。ここに住みついた人々は、州の周囲を土手と石垣で囲って輪中《わじゅう》をつくり、洪水にそなえた。土を盛ってすこしでも高いところに家屋敷を建て、水とともに暮らしてきた。川が運んできた肥沃《ひよく》な土は作物の実りがよく、暮らしぶりは悪くなかった。

空は青く晴れているが、伊勢湾に霞《かすみ》がたっている。

橋本一巴《はしもといっぱ》は、弟の三蔵《さんぞう》、志郎《しろう》、せがれの道一《みちかず》や郎党頭《ろうとうがしら》の金井与助《かないよすけ》とともに、九鬼《くき》水軍の軍船《いくさぶね》に乗り、長島の砦《とりで》を攻撃するためにやってきた。

「この筒の威力、早《はよ》う試したいものだ」

弟の志郎が、船端《ふなばた》にすえた大鉄炮《おおでつぽう》を叩《たた》いた。左目に貼《は》った黒い膏薬《こうやく》が、すっかり馴染《なじ》んでいる。

すえてあるのはずんぐりと太い二百匁《もんめ》（七五〇グラム）玉の筒である。口径は一寸六分五厘（五〇ミリ）もあるが、長さはふつうの鉄炮よりよほど短い。

国友藤兵衛《くにともとうべえ》に張り立てさせた攻城用の大鉄炮で、軍船のうえから中州を狙《ねら》うつもりである。なにより破壊力がすさまじく、塀や櫓《やぐら》の打ち壊しに威力を発揮してくれるはずだ。二十町《ちょう》（約二キロメートル）離れた建物に、的確に命中させることが可能である。

藤兵衛は、惣兵衛《そうべえ》と名を変えて、国友で鉄炮の張り立てをつづけている。

自分の手で大鉄炮を試射した織田信長《おだのぶなが》は、ちいさくつぶやいた。

「藤兵衛の筒だな……。佐々《さっさ》も生かしおったか」

そばにいた一巴は、なにもいわなかった。信長なら気づくだろうと思っていた。

ふん、と鼻を鳴らした信長が顎《あご》をしゃくると、すぐに小姓が三方《さんぼう》を捧《ささ》げてあらわれた。一巴の前に置いた。革袋がのっている。銀が詰まっているらしい。

「たくさん張り立てさせよ」

許すも許さぬもなかった。役に立つなら生かしておく。それだけのことらしい――。

その大鉄炮が二十挺《ちょう》、船上から長島に筒先を向けている。

「まこと、この筒なら、一揆《いっき》の砦などたちどころに打ち砕けよう」

道一が昂《たかぶ》った声を出している。

手柄にはやる弟やせがれが、一巴には鬱陶《うっとう》しい。

人を殺《あや》める仕事である——。人の命をいただく仕事である——。どうして粛々とすすめることができないのか。

このたびの出陣は、一向《いっこう》一揆の門徒衆を根絶やしにするのが狙いである。

長島の門徒衆は、信長にしたがわず、独自の経済圏を確立している。

尾張、美濃《みの》の川を下ってきた物資を伊勢の桑名《くわな》に運び、桑名にとどいた京《きょう》、堺《さかい》の産品を濃尾に運ぶ。この水運と、豊かな中州の実り、伊勢湾の海の幸があれば、人々はなにものにも頼ることなく生きていける。ときに水害にみまわれるが、人々はそれを克服する知恵を身につけていた。

分国内の商圏拡大をねらう信長にとって、一向門徒衆は、はなはだ邪魔な存在である。信長がひろげようとしている銭の渦に巻き込まれまいとして、土居《どい》と柵《さく》をめぐらせているように見える。

一揆の門徒宗は、長島の願証寺《がんしょうじ》を中心に、主だった七つの輪中に数万人が集まっている。

元亀《げんき》元年（一五七〇）に蜂起《ほうき》して以来、信長勢力とはげしい戦闘をくり返してきた。輪中は堅牢《けんろう》な砦となった。

やはり一向門徒の雑賀《さいか》から鉄炮衆の応援が来ている。信長を嫌う大名たちも、援軍を送ってきた。

主力は農民であっても、一揆衆は武装化した戦闘集団である。

元亀二年、信長は五万の軍勢をくり出して攻撃した。

防備は固かった。大勢の死傷者を出して退却せざるを得なかった。

その後、信長は比叡山《ひえいざん》を焼き討ちし、将軍足利義昭《あしかがよしあき》を京から追放した。さらに越前《えちぜん》の朝倉義景《あさくらよしかげ》、近江《おうみ》の浅井長政《あさいながまさ》を攻め滅ぼした。

信長の巻き起こした渦は、ありとあらゆるものを呑《の》み込んでいく。鉄炮が渦を加速させ、敵対する者を野分《のわけ》のごとく薙《な》ぎ倒す。

いよいよ、長島攻撃にとりかかる段取りとなった。

天正《てんしょう》二年（一五七四）六月二十三日、木曾川沿いの津島湊《つしまみなと》に本陣を置いた信長は、四方からの一斉攻撃を命じた。総軍八万を称している。

「こっちから来ると、とりとめのない島だがや」

三蔵がつぶやいた。

一巴の大鉄炮隊が乗り込んだ九鬼の安宅船《あたけぶね》は、南の海上からの攻撃である。

夜が明けたばかりだというのに、入道雲が猛々《たけだけ》しい。波はおだやかだが、海は強い陽射《ひざ》しをあびて銀色に輝いている。照り返しがまばゆい。暑い一日になりそうだ。

これまでに敢行した攻撃を、一揆衆がはね返せたのは、広い河川と海が天然の要害になっているからだ。軍船で近寄れば、中州の砦側はそこに防備の力を集約させる。上陸しようにも、矢玉が濃密に降り注げば、兵は傷つき前に進めない。

今回の作戦で、信長がなによりも力を入れたのは、軍船の増強である。

志摩《しま》の九鬼嘉隆《よしたか》と伊勢の滝川一益《たきがわかずます》に、大型の安宅船を造らせたばかりでなく、領内からおびただしい船を集めて武者を乗り込ませた。

「長島に死地をつくれ」

大鉄炮を見せたとき、信長は悠然とそうつぶやいた。天下布武《ふぶ》の覇《は》業《ぎょう》を、畿内一円に広げつつある実績が、この男に自信を漲《みなぎ》らせているように見えた。

「長島を死地にせよ」

同じ言葉を、信長はくり返した。

信長は気の短い男にちがいないが、城攻めにはじっくり時間をかける。

長島の東の対岸には四十数町にわたって鹿垣《ししがき》をめぐらせ、援軍の流入を防ぎ、西の桑名方面には、滝川一益らに一年にわたって陣を布《し》かせていた。そちらは摂津石山本願寺《せっついしやまほんがんじ》からの物資搬入を阻止するためである。

敵を孤立させ、武器兵糧《ひょうろう》の補給を断つ――。大河と海に囲まれた長島は、まさしく死地となった。

「一揆衆を根切りにせよ」

つぶやいた信長が、一巴には人間とはちがう生き物に見えた。

軍団が巨大化し、かつては同じ場所に立っていた信長と自分が、ずいぶん遠く隔たってしまった。

納得しているわけではない。

――この男のやり方は危うい。

そう思わざるを得ない。

その下《げ》は城を攻む――。賢者の兵法は、そう教えている。城攻めは仕方ないにしても、根絶やしにするのはやりすぎであろう。

信長のように敵を根絶やしにすれば、怨嗟《えんさ》を積みかさねることになる。天下のすべてが信長にしたがうはずはないのに、信長はすべてを従わせ、意のままに動かそうとしている――。

そんなことを思いながらの出撃だった。

海から近づくと、河口に点在する中州は、すっかり要塞《ようさい》化されて土居と柵がめぐらされている。館《やかた》が連なり、高い物見櫓がある。

中州から、軍船が向かってきた。白地に黒々と墨書した旗を立てている。

進者往生極楽《すすまばごくらく》
退者無間地獄《ひかばむげんじごく》

「なんという意味か？」

弟の三蔵がたずねた。

「戦って死ねば極楽、逃げれば地獄に堕《お》ちるということであろう」

「念仏者はすさまじいの」

「死ぬが極楽なら、こんな強い兵はあるまい」

その旗にくらべると、安宅船に立てた自分の真紅の旗が、くすんで見えた。

てつはう　天下一

——天下一になんの意味がある。

そんな気持ちにとらわれてひさしい。

天下無双の鉄炮衆をつくるのが夢だった。最強の鉄炮衆がいれば、天下は平穏に静まり、安穏《あんのん》な暮らしが待ち受けていると思っていた。

ちがっていた。

——おれは、信長という男の渦に巻き込まれていただけだ。

そう思わざるを得ないが、いまさらどうなるものでもなかった。戦いは、始めるより、やめるほうが難しい。

「もっと引き寄せるのか？」

三蔵がたずねた。

見れば、すぐ間近まで敵の関船《せきぶね》が迫っている。鉄炮の玉が飛んでくる。

「おや……」

覚えのある旗に、目を凝らした。

雑賀孫市《まごいち》の「日本一　てつはう」の旗だ。

おもわず、笑いがこみ上げてきた。

「まごいちかぁ」

大声を張り上げたが、海風にかき消された。

関船の舷《ふなべり》に、真紅の陣羽織が見えた。孫市であろう。むこうも気がついたようだ。なにかを叫んでいるらしいが聞こえない。日の丸の扇を振り回している。

鉄炮の玉が飛んできた。

一巴の南蛮兜《なんばんかぶと》が甲高《かんだか》い音を立てて、玉を弾《はじ》いた。頭がくらくらしたが大事はない。

「まだ撃《う》たぬのか？」

三蔵が淡々とたずねた。いつも落ち着いた男である。

「撃て。撃つがよい」

つぶやくと、三蔵が指揮杖《しきじょう》をふった。

二百匁玉の筒は、炸裂《さくれつ》音がすさまじい。どんな雷鳴より強烈である。船を撃つときは、吃水《きっすい》を狙えと教えてある。大きな玉が小気味よく船腹に命中した。舷側《げんそく》の櫂《かい》が何本か止まった。五、六発撃ち込むと、すっかり船足が止まった。

「それぐらいでよかろう」

「沈めぬのか」

「狙いは呰だ」

船頭に命じて、船を転じさせた。あっちの関船で、孫市らしい男が叫んでいる。

「……逃げるなぁ。……臆病者《おくびょうもの》……」

切れ切れのことばが風にのって耳にとどいた。孫市のことを思い出して、苦笑が浮かんだ。
船を進め、輪中の砦に近づいた。
「放つがよい」
三蔵が指揮杖をふり、大鉄炮が火を噴いた。
館のあたりが騒ぎになった。大勢の人間が右往左往している。
大鉄炮は火を吐きつづけた。
天と地と、海と空のあわいが、白煙に霞んだ。
そこには、確実に死があるはずだった。
織田軍の攻撃は、三ヶ月におよんだ。
輪中の砦をひとつずつ落としていく。補給路を断たれた輪中に数万の人間が犇《ひし》めいているので、兵糧が枯渇しているはずだ。

降伏を申し出る者たちは、長島など三つの砦に追い込んだ。さらに兵糧をついえさせるためだったが、籠城《ろうじょう》側は門を閉ざし、味方を砦のなかにいれなかった。

――むごいこと。食べ物をわけたくないのか。

同じ仏道をあゆむ仲間ならば、一碗《わん》の粥《かゆ》もわけあうがよかろう。それのできないのが人間なのか。

九月になると、門徒宗の士気は極端に衰えていた。反撃らしい反撃はほとんどない。

一揆衆は、全面降伏を申し出た。

川舟に乗り、降伏してきた数千人の一揆衆を、信長は鉄炮の筒をならべて撃たせた。
生き残った者は刀で斬《き》り殺した。
最後に残った二万人を、信長は中江《なかえ》、屋長島《やながしま》のふたつの砦に追い込んだ。
周囲に幾重にも柵をめぐらせた砦だ。そこに薪《たきぎ》を積み上げて、四方から火を放った。
澄みきった秋の青空に、黒煙が渦を巻いて立ちのぼった。
紅蓮《ぐれん》の炎が燃えさかると、阿鼻叫喚《あびきようかん》が、天と地のあわいをゆるがした。
——極楽に行け。
一巴は念じたが、どんな神仏にも、その祈りが通じるとは思えなかった。

二十六

天正《てんしょう》三年（一五七五）五月十日。

長雨に濡《ぬ》れた美濃《みの》の野にひさしぶりの陽光がさしている。

岐阜《ぎふ》稲葉山《いなばやま》山頂の天守に立てば、すぐ眼下に美濃、尾張《おわり》の平野を望むことができる。大軍と大軍が激突すれば、はるか彼方《かなた》であっても旗幟《きし》の動きで優劣がわかる。武者の雄叫《おたけ》びや馬の嘶《いなな》きさえ風にのって聞こえてくる。

ここが天下を語る城——と呼ばれるのは、まさに中原を睥睨《へいげい》する要衝にあるからだ。

稲葉山城に移って八年。織田信長《おだのぶなが》の領国は、すでに四百万石《ごく》を超えている。

天《あま》が下《した》にならびなき主《あるじ》は、四十二歳の白皙《はくせき》の男だ。切れ長の目で、いつも山上から緑なす沃野《よくや》をながめている。雨に洗われた今日、濃尾《のうび》の野はことのほか鮮やかに光っている。

この男は、なにごとにも満ち足りるということを知らない。

広大な領国を有してもなお、天下に武を布《し》く力をゆるめるどころか、ますます先鋭化させ、覇道《はどう》を広げようとしている。

ひとたび回転をはじめた渦は、回転を止められない。

止めれば、そこで立ち往生する。渦は回転を止めて、やがて立ち消えてしまう。

渦の中心に立ちつづけたければ、どこまでも渦の外縁を大きく広げ、人を巻き込み、はじき飛ばすしかない。

それだけに敵が多い。

さきほど三河《みかわ》から徳川家康《とくがわいえやす》麾下《きか》の母衣《ほろ》武者が駆けてきた。

武田勝頼《たけだかつより》の軍勢が、奥三河の長篠《ながしの》城を囲んだという報《しら》せであった。

武田軍は一万五千。

家康の軍勢は八千である。長篠城が落ちれば、武田軍はそのままこちらに押し寄せるだろう。

信長が援軍を送らなければ、家康が危うい。

去年、長島《ながしま》の一向一揆《いっこういっき》を根切りにしてから、信長は摂津《せっつ》石山本願寺《いしやまほんがんじ》の攻撃に全力を挙げていた。

本願寺は、信長とはまったく異質の渦を巻き起こしている。どちらにとっても、けっして手を結ぶことのできない相手である。

畿内一円から十万の兵を集めた信長は、まず堺《さかい》付近を制圧。本願寺と連携をとる三好康長《みよしやすなが》を降伏させた。つい先日、京《きょう》を経て岐阜に帰ってきたばかりである。

信長は本願寺のある摂津石山がほしくてたまらない。あの広大な丘ならば、どれほど壮大な城が築けるか。

しかし、その前に、片付けなければならない相手がいる。

筆頭は、信玄《しんげん》なきあとも、まだ底力のある甲斐《かい》の武田《たけだ》である。

山麓《さんろく》の館に、佐久間信盛《さくまのぶもり》、丹羽長秀《にわながひで》、滝川一益《たきがわかずます》、姓を木下《きのした》から羽柴《はしば》に改めた秀吉《ひでよし》らが顔をそろえていた。書院上段の間にすわると、信長はもの憂げにつぶやいた。

「武田成敗に存念を述べよ」

信長の軍勢は、摂津の本願寺の攻め立てが一区切りついたので、岐阜にもどったばかりである。

信長が、東に動かせる軍は、徳川家康の八千と合わせて三万八千。鉄炮《てっぽう》の数も塩硝の補給も、こちらのほうが圧倒的に勝っている。勝ちは見えている。

しかし、圧倒的な勝利が欲しい。ここで、武田の主力を叩《たた》きつぶしておきたい。

「長篠城を囲む敵の背後を突くのがなによりの策。姉川《あねがわ》のときと同様に、いちど野戦で主力を叩いておけば、甲斐を攻めて根絶やしにできましょう」

滝川一益の論に、信長は眉《まゆ》ひとつ動かさなかった。

長篠城のあたりは、谷が狭いと聞いている。敵が山に陣取って待ちかまえていれば、こちらも損耗が多かろう。大軍としての長所がいかせない。近江《おうみ》の平野と同列には論じられない。

「長篠城の手前に、設楽原《したらがはら》という広闊《こうかつ》な原があると申します。その原に武田軍を導き、こちらは背後に別部隊を送って襲えば、敵もあわてふためきましょう」

秀吉が、床にひろげた地図を指した。

みなの目が、豊川《とよがわ》沿いの谷に吸い寄せられている。

「その野は、どれくらいの広さがある」

「さて、かなり広いと存ずる」

行ったことのない秀吉は、はっきり答えられない。

「豊川から山ぎわまで、幅は二十町《ちょう》。そこに築城なさいませ」

外の廊下から声がした。広間の外には、馬廻《うままわり》の主だった者が詰めている。

「だれだ？」

信長が顔を向けた。

「橋本一巴《はしもといっぱ》にて候《そうろう》」

信長が鼻を鳴らして、視線を地図にもどした。

「見てきたようなことを申す奴《やっ》」

「それがし、野田《のだ》城にまいったおり、あのあたりがいつか武田との決戦地になろうと、豊川筋を見回ってまいった。設楽原には小川があり、それが堀となる。柵《さく》は二日もあれば築けましょう」

野田城と長篠城は、わずか二里ほどの距離であった。徒歩《かち》でも一刻《いっとき》半ほどである。

一同に反対する者はいない。信長は顎《あご》をなでている。

「ただそれだけの築城でも、敵に、城攻めの下策をとらせることになり申す。まして、背後には長篠城がござるゆえ、城と城とのあいだの挟み撃《う》ちにできまする」

信長が顎をなでている。

「こちらは、川を見下ろす丘に陣取り、柵で立ち往生した敵を撃ちまする。千がうちの千、勝ち申すこと必定《ひつじょう》」

信長は、なにも言わない。

しばらく地図を見つめていたが、やがて立ち上がった。

「それでいく。明日出陣じゃ」

奥に引っ込みかけて、立ち止まり、声をあげた。

「一巴は、すぐ出立せよ」

冷えきった目であった。その命令を受けて、一巴は三河《みかわ》に急行した。

長篠城は、深い渓谷と渓谷が合流する要害の地にある。

その三十町ばかり西に、設楽原という広い野があった。

ゆるやかな傾斜でひろがる野の真ん中に、連子川《れんごがわ》という細い川が流れている。浅い川だが、あたりは水田で、この季節はまだ土が泥っぽい。騎馬武者も足軽も、駆けるのに難渋するだろう。

志多羅《したら》（設楽）の郷は、一段地形《じがた》くぼき所に候。

太田牛一《おおたぎゅういち》が『信長公記《しんちょうこうき》』に記したように、窪地《くぼち》が多く、天然の堀として使える地形である。迎え撃つ丘陵の上のあたりは、畑で土がしっかりしている。

丘に陣取り、連子川に柵を築けば、圧倒的にこちらが有利だ。長篠城とのあいだにはさまれた武田軍は、しょうことなく、この設楽原に出てくるであろう。

そこに柵を築けば、この原が武田軍の死地となる――。一巴はどうやって死地をつくるかを考えたのであった。

五月十八日、設楽原に信長がやって来た。

丸太を調達しておいた一巴は、丘の上から見やり、柵を築く予定地を信長に示した。

「そのようにせよ」

信長はただちに全軍に命じて柵を築かせた。

翌日の夕刻には、連子川の両岸に、長さ二十町の馬防柵《ばぼうさく》ができあがっていた。

さらに、その柵を眺めおろす丘をめぐって、足軽や鉄炮衆が身を隠す低い土塁が造られた。

五月二十一日の早朝。

設楽原を母衣武者が駆けまわり、三万の軍勢に信長の下知《げち》が伝えられた。

「敵から見えぬよう陣地に伏せ、こちらからは出ていくな」

織田軍は、設楽原を見下ろす台地に陣取っている。

すこし後方の茶臼山《ちゃうすやま》に本陣をかまえた信長は、そこに留まることなく、前線を間近にながめる丘の上に立った。

まだ薄暗い野を、信長がながめわたした。耶蘇《ヤソ》会の伴天連《バテレン》から献上された真紅の天鵞絨洋套《ビロードマント》が、朝露に濡れている。

信長が立っているのは、いま、弾正山《だんじょうやま》と呼ばれる丘である。ことに入念に空堀《からぼり》と土塁がめぐらされている。

たった一晩のうちに、こんな陣地を構築してしまう信長の動員力に、一巴はあらためて驚かざるを得ない。巨大な渦は、たしかにこの男が巻き起こしている。

「その羽根は、なんの自慢か？」

信長がたずねた。

南蛮兜《なんばんかぶと》の八幡座《はちまんざ》に、一巴は孔雀《くじゃく》の羽根を立てている。古くなった羽根は替えても、若いころから、ずっと同じ兜だ。羽根のことを訊《たず》ねられたのは初めてだ。

「自慢ではござらぬ。敵が目測を誤り、玉が当たりにくうなりまする」

兜に大きな装飾を立てるのは、虚勢を張るためばかりではない。遠くの射手から見れば、その飾りに目をとられて目測を誤り、矢玉が外れやすくなる効果がある。

信長は、うなずきもせず、設楽原をながめている。

白々と明けた野に、朝靄《あさもや》がかかっている。原のむこうに武田の軍勢が見える。

「武田は、三千を長篠城の抑えとして鳶《とび》ヶ《が》巣《す》山《やま》に残しております。こちらに向かってくるのは一万二千」

物見から駆けもどった母衣武者が報告した。

「一巴よ」

原を見すえたまま信長がつぶやいた。

「はっ」

「おみゃあ、いくつになった」

「五十になり申した」

ふり返った信長が、まじまじと一巴を見すえた。

「長いあいだ、無駄飯を喰《くろ》うてきたな」

ざれごとの口調ではなかった。言葉が槍《やり》の穂先のごとく鋭い。

一巴は喉《のど》をつまらせた。信長という男は、まことに油断がならぬ。働きが足らねば遠ざけられる。出過ぎれば、嫌われ、頭を叩かれる。

すぐうしろで、鼓がひとつ、かろやかに鳴った。

菖蒲《あやめ》と蛙《かわず》を染めた小袖《こそで》を着て、銀之丞《ぎんのじょう》が木の枝にすわっていた。

「朝も早《はよ》うから、ご機嫌ななめ。御屋形《おやかた》様の御不興は、わけ知り顔の、一巴のせいか」

銀之丞の声に、一巴は唇を嚙《か》んだ。

「わけ知り顔か……、まことそれよ。それで解せた」

「…………」

一巴は返事ができない。

「三十年も見てきたが、わしは、どうにもおまえの顔が気にくわぬ。それよ、わけ知り顔というやつ。どうして、さような顔をしておる」

「と仰せられても、生まれつきの顔ゆえ……」

一巴は困惑した。顔が気にくわぬといわれても、反論のしようがない。

「欲のなさげな顔が、そりゃ、小憎らしい」

銀之丞が謡《うた》った。

「おまえ、欲はないのか？」

信長がたずねた。

「欲はございます。天下万民の安寧《あんねい》こそ、わがたっての望みとかねて思うておりましたが、さて、いまはとんと……」

「欲と申すは、色と金。女抱きたし、知行《ちぎょう》も欲しや、酒も呑みたし、天下も欲しや」

銀之丞がたのしげに謡った。

「じょうずに謡《うと》うた。禅坊主や耶蘇の伴天連でも、もっと物欲しげな顔をしておる。おみゃあには、その臭《にお》いがせぬのが腹立たしい」

「されば、銭はいらず、米は食うだけあればそれで足ります。女は、わが嫁こそが第一等ゆえ、ほかにはいらず。さて、欲しいものはよい鉄炮だけ」

「よくぞそれでしたり顔ができるものだ。わしは、おまえの顔が気にくわぬ。今日、死ね。ここで死ぬのがおまえの手柄だ」

信長が一巴を睨《にら》みつけたとき、遠くで鉄炮の音がひびいた。

「酒井《さかい》殿、金森《かなもり》殿、鳶ヶ巣山を攻めたて始めました」

遠くを見つめていた物見がさけんだ。

見れば、その方面に煙が上がっている。

酒井忠次《ただつぐ》と金森長近《ながちか》の部隊が、長篠城の抑えに残っていた武田の部隊を攻撃したのだ。

長篠城を見下ろす鳶ヶ巣山は、武田軍が空堀を掘り要塞《ようさい》化している。

そこを背後から突けば、武田勢はあわてふためくだろう。行き場所を失い、いやおうなく設楽原に駆け込むだろう。

後ろを守っていた後詰《ごづ》めが前に出てきたとなれば、武田勝頼の本隊は、尻《しり》をつつかれ前に進むしかない。正面の信長軍とまともにぶつかるしかなくなる。

「おみゃあ、柵の前に出て、おとりになれ」

信長の目が、厳しくつり上がっていた。

設楽原の野戦築城は、猪《いのしし》を囲い込む罠《わな》に似ている。

その罠のなかに、橋本一巴という餌《えさ》がしかけられた。

「どうしてわしらは、いつも貧乏くじをひかにゃあならん」

弟の志郎《しろう》が腹立たしげにこぼした。

「まあそういうな。誉《ほま》れの先鋒《せんぽう》だ」

三蔵《さんぞう》がとりなした。

「なにが先鋒なものか。ただの餌だがや。わしらは、釣り針の先のミミズではないか」

志郎が「てつはう　天下一」の大旗を見上げて毒づいた。

「けっ。ミミズも天下一になれば、偉いもんじゃ」

美しい紅だった布地は、いつのまにか戦場の埃《ほこり》と泥にくすんでいた。黒く焦げた玉の跡がたくさん開いている。そばに寄れば、血と塩硝の臭いがする。

一巴と一族郎党《ろうとう》は、朝靄のなかを歩いた。

——南に行き、柵に呼び込め。

信長にそう命じられていた。

織田が西、武田が東に陣取って向かい合っている。

設楽原は、北が高く南が低い。南の低いところは、柵がない。防御の手薄な危険な場所にいるのは徳川家康だ。そういう冷徹な采配《さいはい》ができればこその信長である。

細い連子川をわたり、前に進んだ。田圃《たんぼ》の畦《あぜ》を前に、膝撃《ひざう》ち姿勢で筒先をならべた。

むこうの丘に、武田の軍勢が旗をならべている。いちばん高いところに立つ諏訪《すわ》大明神の旗は大将勝頼の本陣だ。

人のざわめき。

馬のいななき。

薄曇りの蒸し暑い朝に、ひりひりした時間がながれた。

じわりじわりと、武田軍が前に出てくる。旗がせり出してくる。武田軍の背後にあたる長篠城と鳶ヶ巣山の陣地では、すでに織田の別働隊が攻撃をしかけ、戦闘がはじまっている。鉄炮の音がやむことなく続いている。

武田の旗が前に出てくる。柵のないところを攻めようとしている。一巴たちのさらに南だ。

餌の一巴は、獲物の気をひきつけ、柵に誘い込まなければならない。

一巴も、筒をかまえている。

「まだだ。まだだぞ」

横一列にならんだ鉄炮衆に、声をかけた。

――合戦は人がする。

そのあたりまえのことが、狂おしく胸をせり上げる。息が苦しい。

――人は……。

なにを求めて戦うのか。生きるためか、死ぬためか――。

どんな勇猛な男でさえ、いざ合戦となると、反吐《へど》を吐き、糞《くそ》を垂れ流して槍を振るう。極度の混乱に陥《おちい》る。なぜ戦っているのか、だれと戦っているのか。五里霧中で、そんなことさえわからなくなる。

――勇猛果敢。

戦場の修羅場をくぐるたびに、その言葉がただのまやかしに過ぎないことを、一巴は感じていた。それは、狂乱の別称である。

ひとつ息を吐くほどのあいだ、とまどいをおぼえたが、一巴はすぐに首をふって雑念を打ち払った。

武田の軍勢がせり出している。一巴たちのずっと右手だ。

「よぉし。放て。こちらに引き寄せろ」

大声でさけんだ。

炸裂《さくれつ》音がとどろいた。

武田の軍勢が、こちらを向いた。鉄炮を撃ちかけてくる。

「へたくそ。おみゃあらの鉄炮が当たってたまるか」

志郎が猛《たけ》りたってさけんだ。

玉を込め、すぐに射撃する。武田は鉄炮の数が少ない。まばらに撃ったあと、矢が襲ってきた。

法螺《ほら》の音がみょうに高揚してひびいた。鉦《かね》と太鼓が気ぜわしく打ち鳴らされた。

武田の本隊が突撃を開始した。柵のない南を狙《ねら》っている。

鉄炮衆、弓衆を先頭に、槍衆が駆けてくる。数千人の男たちの吶喊《とっかん》の声と足音が、地に響いている。

死ねばいいのだ。死ねば、いいのだ。だれが生きるにせよ、死ぬにせよ、道はその先にしか開けない。

「撃て、撃て」

一巴はさけんだ。武田の軍勢に、柵の内側になだれ込まれたらやっかいだ。

鉄炮を撃ちかけると、弓を浴びせられた。

つづいて槍の一団が、こちらに駆けてきた。

三発放ったところで、槍の穂先がすぐ目の前に突き出された。腰の刀を抜いたが、何人か突き殺された。

三間《げん》もある長柄の槍だ。振り回すには長すぎる。むこうも自在にはあつかえない。槍の手もとに飛び込むと、一巴は刀で敵に斬《き》りつけた。

「川にもどれ。川に行け」

斬り結びながら、さけんだ。鉄炮を左手に持ったまま、右手で刀をにぎっている。

敵の足軽は、陣笠《じんがさ》だけだ。顔を狙うのがいちばんよい。目を斬られた足軽が転んだ。

――南無……。

と唱えて、足で胴丸《どうまる》を踏みつけ、喉を突いた。

南無……、の続きは、マリア観音か、阿弥陀仏《あみだぶつ》か。

――なんでも同じじゃ。

喉から真っ赤な血を噴く足軽には、神も仏もあるまい。

突き刺さった刀を抜くとき、斬りかかってきた足軽がいた。

鉄炮の銃床をにぎり、筒先を横殴りに、足軽のこめかみに叩きつけた。倒れた足軽が、刀を振るっている。鉄炮を思いきりふりあげて、足軽にふりおろした。足軽が刀で受けたが、折れた。重い鉄の筒先が、足軽の顔面にめり込んだ。

「あほうめ。刀より、鉄炮のほうが強いわい」

唾《つば》を吐こうとしたが、一巴は口のなかがからからに渇いていた。

一巴の郎党たちは、武田の槍衆と斬り結んでいる。槍衆たちは、すぐに槍を捨てて、逃げた者が多い。二人、三人と鉄炮をふりまわして殴り倒した。

「川だ。川へ行け」

半町ばかり駆け戻り、窪地になった川に駆け込んだ。水は、くるぶしまでしかない。ここにいれば、身を隠して射撃できる。

「旗を立てろ」

旗持ちの郎党が、真紅の旗をかかげて窪みに駆け込んだ。手の者たちがあとに続いた。

「兄者。臆病風《おくびようかぜ》に吹かれたか」

「なんだと」

見上げれば、志郎が仁王立ちになっている。

「あそこに勝頼の本陣が見える」

左手の三町ほど先の丘が、勝頼の本陣だ。ざっと見たところ、四千ばかりの旗本に囲まれている。

そちらの方面は、まだ動きがない。じっとこらえながら、戦機をうかがっている。

一巴たちの背後にいる信長の部隊も動かない。

合戦は南のほうだけで、北の台地ではまだ睨み合いが続いている。

「いまなら、近づけるがや」

笑った志郎の顔に魔がさしているように、一巴には見えた。

「やめろ。ここで敵を引きつけろとの御屋形様の下知でや」

「あほらしい。勝頼の命をとれば文句はなかろう。一町よりも近づき、われらが五十挺《ちょう》いっぺんに撃ちかければ、勝頼もころりと討ち取れる。みな、ついてこい」

「おやめなされ。ここで放つのがいちばん。むだに命を捨てなさるな」

金井与助《かないよすけ》がとめたが、志郎は聞きもしない。

「来たい奴だけでよい」

後ろも見ずに、駆けだしていた。

「おれは行く」

せがれの道一《みちかず》が、川の窪みから飛び出した。

「やめろ」

胴丸の肩をつかむと、せがれが一巴の手をふりほどいた。

「親父は臆病者じゃ」

「なんだと」

「敵の大将を目前にして、怖《お》じけたのであろう」

「あほぬかせ」

一巴は、鉄拳《てっけん》でせがれの頬《ほお》を殴りつけた。

川に転がった道一が、怨《うら》みがましい目で睨みつけた。唾を吐いて立ち上がると、そのまま窪みから飛び出して駆けていた。止める暇などなかった。

志郎と道一に、郎党が二十人ばかりついて走った。

「たわけ。もどらぬか」

すでに、ずいぶん先を駆けている。わずかあればかりの人数で敵の正面にちかづいたとて、あだに命を捨てるだけだ。頭が惑乱しているとしか思えない。

「ちいっ。ほうってはおけぬ」

一巴は飛び出した。今朝、信長に死ねと言われた。なぜそこまで嫌われるのか——。欲のないしたり顔と言われた。なぜ、欲がなくてはならぬのか——。

侍は、天下万民のために働く——。つい口をついて出たが、そんなことはもはや思っていない。いまはただ生きたいだけだ——。

五町ばかり走ったとき、いきなり鉄炮の音が耳をつんざいた。

武田の鉄炮衆だ。

前を走っていた何人かが倒れた。志郎も倒れた。

駆け寄って抱きかかえた。

桶側胴《おけがわどう》の胸に穴が開いている。生暖かい血でぐっしょり濡れている。

「兄者……」

一巴は首をふった。死はあっけなく突然にやってくる。ほんとうはすぐ目の前で待ちかまえているのに、人は気づこうとしない。

「しゃべるな」

志郎が悔しげに、眉をゆがめた。それが最期だった。

「……………」

なにもいえず、口を開いたまま、こと切れた。

武田の鉄炮衆が、こちらを狙い撃ちにしている。一巴の胴に玉が当たった。強い衝撃で、息ができない。意識が遠のきそうだ。
志郎の鉄炮をにぎると、一巴は立ち上がった。火蓋《ひぶた》を切って、一発放った。
武田鉄炮衆が一人倒れた。
「川にもどれ」
一巴は大声でさけんだ。
武田の本軍が前にせり出してきた。じわりじわりとこちらに出てくる。
織田の柵から鉄炮が放たれた。
武田は警戒して、射程内にはちかづかない。
織田の侍たちが柵から飛び出した。

斬り結び、斬り結び、あたりの草が血で染まり、屍《しかばね》が累々と重なった。

昼過ぎには、勝敗が決していた。

設楽原に立っているのは織田の兵ばかりで、武田の旗は、すべて地に倒れ、泥にまみれていた。


巷間《こうかん》、武田軍は鉄炮の力を軽視し、古来の騎馬戦法に頼ったと言われているが、その説は、にわかには信じがたい。

武田信玄は、早い時期から鉄炮の配備を軍役に課していたし、勝頼もまた、鉄炮衆の力を重視していた。

惜しむらくは、地の利がなかった。

早くから、国友《くにとも》と堺を押さえた信長に鉄炮と塩硝を牛耳《ぎゅうじ》られ、欲しくとも手にすることができなかった。

設楽原のこの合戦は、ながく講談で語られすぎたせいか、どうしても伝説が多い。

武田の騎馬軍団が、無謀な突撃をくり返して大敗——。

というのもまた、虚飾に満ちた作り話であろう。

そもそも、まずもってほんとうに騎馬武者だけを集めた軍団があったのかどうかさえ疑問である。

さらにいまひとつ、眉に唾をつけねばならぬ伝説がある。

鉄炮の三段撃ちである。

信長は、三千挺の鉄炮衆を、三列横隊にならべ、前列の者が撃ち終わると、後列に退《ひ》いて玉を込めさせ、二列目の者が前に出て玉を撃たせたといわれている。
しかし、当時の記録にそんな記述はない。
講談師がまくしたてる雄壮な光景に三段撃ちは似つかわしいが、実際の戦闘はかなりちがっていたはずだ。数も誇張されている。

鉄炮千挺ばかり。……散々に打ち立てられ……。かかればのき、退けば引き付け、御下知の如く、鉄炮にて過半人数うたれ候えば、其の時、引き入るるなり。

という太田牛一の記述が、どうやら真相にちかいであろう。

設楽原の千挺にくわえて、鳶ヶ巣山を襲った別働隊の五百挺を合わせて千五百挺。これが妥当な数ではないのか。佐々内蔵助成政《さっさくらのすけなりまさ》、前田又左衛門利家《まえだまたざえもんとしいえ》、野々村三十郎《ののむらさんじゅうろう》、福富平左衛門《ふくずみへいざえもん》、塙九郎左衛門《ばんくろうざえもん》（原田直政《はらだなおまさ》）が鉄炮奉行となって、さんざんに撃ち白ませたことはまちがいなかろう。

しかし、武田とて間抜けではないから、撃たれれば射程外に退く。織田としては、退いた敵を引きつけるために、武者が飛び出さねばならない。

話として語るなら、新鋭の鉄炮衆に立ち向かう古来の騎馬武者という図がおもしろいが、実際の戦闘は、壮絶なもみ合いだったはずである。

信長本陣の丘は、土居で囲まれていた。

丘の上に陣取った鉄炮衆が、的確な射撃をおこない戦況を有利に導いたというのが真実の姿であろう。設楽原に立つと、織田軍がつくりだした死地に、武田の軍勢がまんまと陥ったように思えてくる。戦場の地形を読み切り、自軍に有利に展開させた信長の戦術眼こそ、いちばんに賞賛されるべきかもしれない。

その日の昼過ぎに、武田の引揚貝《ひきあげがい》が鳴りひびいた。

その貝は、激しい戦闘で疲弊しきった一巴の耳にもとどいた。

二十七

摂津石山本願寺《せっついしやまほんがんじ》は、寺院ながらも、巨大な城塞《じようさい》である。親鸞《しんらん》からかぞえて八世となる蓮如《れんによ》が、海にちかいこの丘に坊舎を築いてから、大きな発展をとげた。教えは、広く北陸から安芸《あき》にまで延び、大名をしのぐ大勢力となっている。

それにつれて、城としての守りが固められた。

織田信長《おだのぶなが》は、法主《ほっす》である顕如《けんによ》に、石山の地を退去するよう要求していた。

この地に城を築くつもりである。

広大な上町《うえまち》台地があれば、そこを城壁で囲い、一大工業都市を築くことができる。各地から職人を集めて生産した品々を難波津《なにわづ》から運び出す。明国《みん》はいうにおよばず、天竺《てんじく》や南蛮《なんばん》にまで船を出したい。それこそが、信長の理想の絵図であった。この地ならば、まさに大和《やまと》六十六州の腰《かなめ》であり、やすやすと船が出せる。工業と商業を中心にした国づくりにふさわしい町ができる。

本願寺は、拒否した。

毛利輝元《もうりてるもと》、将軍足利義昭《あしかがよしあき》らと手を結び、徹底抗戦を宣言した。

守口《もりぐち》、鴫野《しぎの》、野江《のえ》、木津《きづ》など五十一ヶ所に出城を築き、大坂《おおざか》湾の要所に土塁を築き、柵《さく》をめぐらせた。

寺内《じない》には、各地の一向《いっこう》門徒衆が立て籠《こ》もっている。北陸の門徒や毛利方から、たくさんの兵糧《ひょうろう》が届き、兵が送り込まれてくる。何年でも籠城《ろうじょう》できるかまえだ。

なかでも、紀州雑賀《きしゅうさいか》から来た門徒衆はみな鉄炮《てっぽう》の上手《じょうず》ばかりである。

その数三千挺《ちょう》――。

と、豪語している。

――どうせ駄法螺《だぼら》だ。そんなにあるわけがない。

そう思っても、やはり気になる。この目でたしかめてみたい。

雑賀の鉄炮衆をひきいているのは孫市《まごいち》。

橋本一巴《はしもといっぱ》にとっては、もう一度会ってみたい男であった。

設楽原《したらがはら》の合戦から一年たった天正《てんしょう》四年（一五七六）五月三日の夜遅く、京《きょう》の妙覚寺《みょうかくじ》に母衣《ほろ》武者が駆け込んできた。

「石山攻めのお味方、苦戦にて候」

息も切れ切れの武者が語ったのは、織田軍の敗北である。

石山を攻めていた荒木村重《あらきむらしげ》、細川藤孝《ほそかわふじたか》、明智光秀《あけちみつひで》ら四人の大将のうち原田直政《はらだなおまさ》が討ち死にしたというのであった。

昨年は、設楽原の合戦につづいて、越前《えちぜん》の一向一揆《いっき》を攻め滅ぼした。

今年になって、近江《おうみ》の安土《あづち》に築城を開始。

信長と馬廻衆《うままわり》は、さっそく、岐阜《ぎふ》から安土に移った。

信長の目は、そこから大坂に向いている。

なんとしても、本願寺を攻め落とすつもりで、京までやってきた。

その宿舎に、敗北の知らせが届いたのであった。

信長がけわしい顔になった。一手の大将に死なれるのは、やはり痛手が大きい。

「砦《とりで》よりさんざん鉄炮を撃《う》ちかけられたため、先鋒《せんぽう》の三好康長《みよしやすなが》、根《ね》来《ごろ》、和泉《いずみ》の衆が崩れ申した。それを押しもどそうと原田殿が出られたところ、敵が砦から攻め寄せ、好き放題に破られました」

三好や根来、和泉の衆は、近年信長に寝返った勢力である。信長にとっては捨て駒にすぎない。

「明日、天王寺《てんのうじ》に行く」

信長が立ち上がった。

死地と知って目障《めざわ》りな家臣を追い込み、死地と知りつつ自分が飛び込む。

それが信長という男であった。

広大な石山本願寺は、摂津の中州地帯を南北に細長くつらぬく上町台地に建っている。北に淀川《よどがわ》、東に猫間川《ねこまがわ》が流れ、西は葦《あし》の茂る湿原で、攻め口としては南しかない。

古い時代の難波は、ただこの台地だけが海に突き出していた。

虎狼《コロウ》ノスミカ也、家ノ一モナク畠バカリナリシ所
そんな台地が、数十年のあいだに城塞に囲まれた宗教都市に変貌《へんぼう》している。

本願寺の一向門徒とは、極楽浄土を祈るばかりでなく、むしろこの現世《うつしよ》にこそ、大きな力をもっていた。

石山にかぎらず、富田林《とんだばやし》、八尾《やお》、久宝寺《きゅうほうじ》、貝塚《かいづか》など、大坂近郊には

大きな寺と町があり、寺と門徒衆が、行政はもちろん、警察、裁判権を有し、外部の公事や座、徳政の介入をうけつけなかった。

寺内町《じないまち》と称する集落である。

いずれの寺内町も、堀と土居《どい》に囲まれ、漆喰《しっくい》で固めた城郭なみの館《やかた》が建ちならんでいる。

石山本願寺内には、十を超える町内があり、数万の人間が居住している。

仏法を聞き、阿弥陀如来《あみだにょらい》に拝みもするが、人々はおのがなりわいにいそしんで日々を送っている。浄土よりむしろ、この世での現実的な利益を渇望する共同体である。

城のなかに町がある。

町が念仏と城塞で守られている。
それが石山本願寺である。

大坂に駆けつけた信長は、天王寺の丘に築いた物見台に登った。
そこからながめると、雲に霞《かす》むほどむこうまで、延々と土居と柵がめぐらされている。
一巴は馬廻にくわわっている。
「死なんだか」
設楽原の合戦のあと、生き残った一巴を見て、信長は目を剝《む》いた。
あの激戦の最前線に旗を立てて、生き残るとは思ってもいなかったらしい。

そのしぶとさを買われて、一巴はまた信長のそばにもどされた。

物見台から広大な本願寺をながめた。

——これは、難しい。

と、一巴は思った。正直なところ、こんなに巨大な城を、どうすれば攻め落とせるのかわからない。まさに、下の下の策であろう。

あたりを眺め渡すと、南の木津川《きづがわ》河口付近には、本願寺側の堅固な土塁と柵が構築されている。

おびただしい数の軍船《いくさぶね》が浮かんでいる。

すべて毛利《もうり》方の船だ。瀬戸内の来島《くるしま》、因島《いんのしま》を本拠とする村上《むらかみ》水軍である。

信長は、ここもまた、門徒衆の死地につくりかえようとしている。

――ここが死地となれば……。

あたら、十万の命が露と消えるであろう。

巨大な敵の城をすぐ目の前にながめ、一巴は身のすくむ思いだった。

一朝一夕で落とせる城ではない。

まずは付城《つけじろ》を築いて包囲網を縮め、外部との往来を封鎖せねばなるまい。兵站《へいたん》の補給があるかぎり、この城は何百年でもこのままびくともしないだろう。

さて、その封鎖がうまくいくかどうか――。

思案していると、南蛮洋套《マント》を羽織った信長がつぶやいた。

「よい城だ」

もはや、じぶんの城となった語調である。

「これだけの広さがあれば、大勢の商人や職人が集められますな」

本願寺攻めをまかされている佐久間信盛《さくまのぶもり》が、うやうやしく口をひらいた。

「ここに南蛮の船を呼ぶ」

信長が、海を見つめている。

難波の海は、白く霞んで、海と空のあわいも見極められない。

茫洋《ぼうよう》と霞むその海は、どこまでも続いているようだ。その海のむこうに、種子島《たねがしま》も明国も南蛮もある。

信長のことばに、一巴は我しらず大きくうなずいていた。みながうなずいている。

――これが天下人の欲か。

眼前の巨城をながめて、一巴は、それをどう攻略するかしか考えなかった。

信長はちがっている。

眼前の城を手に入れてなにがしたいか。明確な欲を語っている。武者たちに、はっきりと志をしめしている。

欲を語ることばが、まわりに渦を巻き起こすのだと、一巴はあらためて感じ入った。

――天下を切り拓くのは鉄炮ではない。強烈な欲だ。

欲をもたぬ一巴は、しげしげと信長を見つめた。

渦の真ん中に立つ男は、洒落《しやれ》た洋套を風にひるがえし、自分が手にすべき巨城を見つめている。

幾重にも土居がめぐらされ、柵が重なっている。
鉄炮衆が筒先をならべて撃ち白ませた。足軽が駆けていく。
柵に取りつき突破しようと試みるが、内から槍《やり》で突かれる。
屍《しかばね》が累々とかさなる。
――鉄炮三千挺。
は、誇張ではなさそうだ。むしろ、それ以上か。
朝から攻め寄せているが、土塁からの銃声は途絶えることなく続いている。
「塩硝は、蔵に山積みか……」
思わずつぶやいた一巴に、与助がうなずいた。

「まこと。塩硝の湧《わ》く井戸でもありゃあすかな」

そう思いたくなるほど激しい射撃だ。轟音《ごうおん》はとだえることなく、難波の天地をゆるがしつづけている。

じつのところ、本願寺は、信長とはまったく別の塩硝補給の道をもっていた。

越中富山《えっちゅうとやま》の山深い里に、秘密の製造工場がある。

山に山を重ねたその奥の五箇山《ごかやま》という集落である。

雪の深い里で、人々は昔から、大きな合掌造りの家を建て、一族がたがいの温もりを求めるように寄り添って住んでいた。

その合掌造りの床下で、塩硝が製造されていた。

床下に深さ二間の円錐《えんすい》形の穴を掘り、土に草やそば殻、蚕《かいこ》の糞《ふん》を混ぜた。合掌造りの二階では養蚕《ようさん》をしているので、蚕糞《さんふん》はいくらでも集められる。

年に三度、掘り返して、さらに、混ぜ物を加えると、四年から七年で塩硝土ができる。毎日焚《た》く囲炉裏《いろり》の火が土中の微生物を活発に活動させ、水分を蒸発させる役割をはたすらしい。

その土を水で漉《こ》し、手間のかかる灰汁煮《あくに》をくり返して塩硝を得る。

塩硝をまとめて本願寺に送ったのは、もちろん本願寺の末寺《まつじ》である。

越前の一向一揆を平定した信長も、飛彈《ひだ》にちかい山里までは手がのびなかった。

むしろ、逃げ出した一揆衆が山里に定着し、信長への憎しみを燃え立たせていた。

利賀《とが》村の西勝寺《さいしょうじ》では、州崎恒念《すざきこうねん》という人物を堺にやって塩硝の製法を学ばせた。かなり計画的な塩硝生産であったにちがいない。床下でいったいどれほどの塩硝ができるものか。少ない量ではない。

米の採れないこの地域では、塩硝製造はまたとない産業で、のちの慶長《けいちょう》から元和《げんな》のころ（一五九六〜一六二四）になると、毎年二千斤《きん》（一・二トン）の塩硝が、加賀前田家《かがまえだ》に運上として納められていた。驚異的な生産量といわねばなるまい。

五箇山から大量の補給を受け、本願寺は塩硝に不自由がない。

ただし、鉛は有り余るというわけにはいかなかった。ふだんの防備のときには、上手な放ち手にだけ鉛の玉を撃たせ、ほかの者には空砲を放たせていたとの話が伝わっている。

鉄炮の玉は、遠くから撃ってもそれほど当たるものではない。とだえることなく銃声だけしていれば、敵は警戒してすぐには近づいてこない。上手の放つ玉が、ときにみごとに命中すれば、ほとんどの炸裂《さくれつ》音が空砲だとは敵も疑わない。

これもまた、巧妙な鉄炮の戦術であろう。

むろん、激戦となれば、全員が鉛の玉を込めて射撃した。

織田勢は、竹束を立て、その陰で玉を避《よ》けながら、敵陣ににじり寄った。

敵の銃声がとだえたのを見はからって、織田の足軽が飛び出すと、罠《わな》が待ちかまえている。

足軽は、足を取られて転落する。

虎《とら》落《お》としの穴が掘ってある。なかに、糞尿を塗りたくった竹槍がすきまなく立ちならび、落ちた者を絶命させる。

合戦は、波のごときものだ——。

こちらが寄せて、むこうが退《ひ》き。

むこうが寄せて、こちらが退く。

その駆け引きをくり返しながら、虚を突き、突破口を開く。

柵に火を放ち、ようやく砦のうちに突入すると、むこうの土居に、雑賀の筒がならんでいる。

得意のつるべ放ちで、端の筒から順にながれるように玉を放つ。

攻め寄せた足軽は、なすすべもなく倒れる。

「ええい、なにをしておるか」

遅々として展開せぬ戦局に、信長は業を煮やして馬にまたがった。そのまま天王寺の本陣を飛び出した。

「あそこだ。あの土塁に突っ込め」

信長は、足軽どもを叱咤《しった》して追い立てた。十万の軍勢をひきいる総大将が、馬上、最前線の指揮をとっている。

その強烈な意志こそが、この男の本質であろう。

ひとりの男の意志に駆り立てられ、足軽が死を覚悟する。死を賭《と》してもなお手にいれるべきなにかがあると奮い立ち、吶喊《とっかん》する。

数十人が群れとなり、長柄槍《ながえやり》の穂先をそろえて土塁を攻め立てる。

一斉射撃をくらい、たちまち崩れて倒れる。

空堀《からぼり》に飛び込んだ武者や足軽が、白刃《はくじん》を手に土居を駆け上がると、頭上から鉄炮の玉がふりそそぐ。

飛び出してきた敵兵が、傷を負った男たちを突き伏せ、斬《き》り伏せる。土居に血が流れ、ぬらぬらと赤黒く光る。血を吸った草鞋《わらじ》が土居で滑ると、そこに鉄炮の玉がふりそそぐ。

堀や柵で足止めされた織田軍を、本願寺勢が好き放題に射撃してくる。

一巴と郎党《ろうとう》たちは、竹束を押しつつ前に進んだ。玉が竹に弾《はじ》けて、すさまじい音を立てる。竹束の狭間《はざま》から筒先を突き出して射撃していた男が、のけぞって倒れた。眉間《みけん》から血を噴き出している。

この戦場では、もはや、生と死には、紙一重の隔たりもない。

「これはたまらん」

道一《みちかず》が顔をこわばらせた。これまで、どんな敵に遭遇しても、これほどの射撃を浴びたことはなかった。織田の鉄炮衆でさえ、これほどの玉は放たない。とぎれることのない炸裂音は、雷神の狂奔そのものだ。

「あいつを狙《ねら》おう」

となりの竹束から敵陣を睨《にら》んでいた三蔵《さんぞう》がつぶやいた。

見れば、わずか一町《ちょう》ばかりさきの土居の上に、見覚えのある旗が立っている。

――八咫烏《やたがらす》だ。

そばに男が悠然と立っている。

「孫市ではないか」

わしを狙えとばかりに、真っ赤な陣羽織をひるがえし、まっすぐに背筋を伸ばしている。背後の丘には、土塁がいくえにも重なっている。

巨城を背に自信に満ちた物腰だ。

「あれが雑賀の御屋形《おやかた》か。いただいた」

火蓋《ひぶた》を切った三蔵が、ゆっくり引き金をしぼると、土居の上の男がむこうに転がって倒れた。あっけないほど簡単だった。

「やったがや」

「まさか……」

一巴には、信じられなかった。

雑賀の孫市が、ただ一発の玉に倒れるとは——。

「孫市を斃《たお》したぞ。橋本三蔵の玉が、雑賀の孫市を討ち取ったがや」

三蔵が味方に向かって大声で叫んだ。ふだんは無口な弟に、そんな顕示欲があったことを、一巴は初めて知った。

つぎの刹那《せつな》、銃声がとぎれた。夏の真昼の戦場を、静寂がおおった。

敵の大将が死んだ——。

名高い雑賀孫市が死んだ——。

織田の軍勢に、さざ波のようにひろがった勝利の意識が、怒濤《どとう》となるのに時間はかからなかった。

「押せぇ！　いまだ。駆け込めぇ」

だれかが背後で叫んでいる。ふり返って見れば、馬上の信長であった。

織田の足軽が繰り出した。土塁に向かって駆けていく。

突破口は孫市が倒れた正面の土塁だ。

そこに群がった。

「わしの手柄でや。首級《しるし》を取らねばならん」

三蔵が駆けだした。

「待てッ！」

一巴は叫んでいた。

「おかしい」

なにがという理由はない。うまくいきすぎる。そんなに簡単でよいものか――。

蟻《あり》のごとく押し出した足軽たちの雄叫《おたけ》びに、一巴の声がかき消された。

大勢の足軽たちが土居を駆け上がり、さらにその上の土居を登りはじめたとき、もうひとつ上の土居に赤い陣羽織が見えた。

――孫市だ。

あいつがそんな簡単にくたばるはずがない。

両手に持った大きな玉を、ひょいと足軽たちに投げて身を隠した。

あちこちから、同じ玉が投げつけられた。

すぐに、大音響が天地をゆるがした。

火柱が上がり、何十人もの武者や足軽がいっぺんに吹き飛ばされた。

大地が揺れている。耳が痛い。

白く霞む空に黒煙が立ちのぼっている。

土居のうちから、つぎつぎと玉が投げつけられ、火柱が立った。

轟音がとどろき、人が空中に吹き飛ばされた。

「なんだがやあれは」

駆けていた道一が立ち止まった。顔が呆《ほう》けている。

「震天雷《しんてんらい》だ」

「なんじゃあ、それは」

「たわけ。塩硝玉にきまっておる」

一巴は、頭のなかが真っ白になった。

鉄炮のことは、考えに考えぬいたと自負していた。

しかし、その上をいく男がいた。一巴が漢書の知識でしか知らぬ火器を自在につかいこなしている。

孫市が投げたのは、塩硝を鉄の容器に詰めた爆裂弾であった。陶磁器に詰めたものは、炮烙《ほうろく》、あるいは磁砲とも呼ばれている。かつて、元寇《げんこう》が九州を襲ったときは、これが「てつはう」と呼ばれていた。大音響で敵を威嚇《いかく》する兵器と思われているが、強烈な破壊力と殺傷力がある。

時に震天雷と名づくる火砲あり。鉄缶を用い、薬を盛り、火を以てこれに点ず。砲響いて火発し、その声、雷のごとく百里の外に聞こゆ。焼くところ半畝《はんせ》以上。火の点着する鉄甲は皆透る。

『金史』にそう記されているところを見れば、大陸では元の時代以前から使われていた火器であった。

海上を自在に往来した雑賀衆の知識と、本願寺の補給能力が融合してこそ、いまこの戦場でその火器が威力を発揮している。

——負けだ。

土居の下に、おびただしい屍が散乱している。手足をもがれ、呻《うめ》いている男たちが大勢いる。

なかに、萌葱《もえぎ》の陣羽織を着た屍が転がっている。

首がない——。

首はなくとも、それは三蔵の骸《むくろ》であった。

一巴は駆け寄って胴を抱きかかえた。

首をさがしたが、見つからない。

土居の上に、また、赤い陣羽織が見えた。

下のようすをうかがい、満足げにうなずいている。

そっと弟を寝かせ、鉄炮をかまえた一巴は、すかさず引き金をしぼった。

玉ははずれた。

「その兜《かぶと》の羽根は、橋本の一巴ではないかぁ。あいかわらず下手《へた》くそな鉄炮じゃ」

孫市が叫んでいる。

一巴はすぐに玉を込めて、引き金をしぼった。

ひょいと孫市がよけ、また、はずれた。

「やめちょけ。おまえのへなちょこ鉄炮は、当たらんわい」

孫市が、右手をあげると、土居のうえにずらりと鉄炮の筒先がならんだ。

「馳走《ちそう》してくれるわい。早《はよ》う逃げろよ」

野太い笑い声が終わらぬうちに、銃声がとどろいた。

一巴は竹束の陰にかくれた。竹束を通過した玉が、桶側胴《おけがわどう》に弾けて尖《とが》った音を立てた。

「退くな。駆けよ」

信長の怒声が、戦場にひびきわたった。

「あれぞ尾張の大将殿じゃ。さあて、馳走せよ、馳走せよ」

炸裂音がとどろくと、大声で下知《げち》していた信長の姿がふいに消えた。

駆けていく馬上に姿がない。鞍《くら》だけが載っている。

落馬したのだ――。

地に信長が転がっている。

すぐに馬廻衆がかつぎあげて後方に運び去った。

信長は、玉を足に受けていた。浅手だったが、信長が討ち死にしてもなんの不思議もないほどの乱戦であった。

その日、織田軍は、本願寺の門まで攻め寄せ、二千七百の首級《しるし》を上げた――。

太田牛一《おおたぎゅういち》はそう記しているが、自軍にどれだけの死者が出たのかは、書きとめていない。

おそらくは、それより多くの者が、鉄炮の玉に倒れたことであろう。

二十八

天王寺《てんのうじ》の合戦で、織田《おだ》軍はさんざんな敗北を舐《な》めた。

「隙間《すきま》なく囲め」

みずから負傷した織田信長《のぶなが》は、そうつぶやいた。徹底的な包囲網を築けとの命令である。

まずは、本願寺《ほんがんじ》をぐるりと取り囲む尼崎《あまがさき》、吹田《すいた》、花隈《はなくま》、能勢《のせ》、大和田《おおわだ》、三田《さんだ》、多田《ただ》、茨木《いばらき》、高槻《たかつき》、有岡《ありおか》の十ヶ所に塁を築いた。

遠巻きに囲って、補給路を断つ戦術である。

信長は長期戦の覚悟だ。安土《あづち》に帰って城普請を督励していたが、本願寺門徒の士気が衰えたとの報告が、いっこうに届かない。駆け戻ってくる使番《つかいばん》は、みな、本願寺の優勢を報告する。

「なぜだ」

安土城の作事場に立つ信長のこめかみに青筋が立っている。

「毛利《もうり》の軍船が、木津川《きづがわ》の河口から兵糧《ひょうろう》を運び入れております。それを止めぬかぎり本願寺は落ちますまい」

戦況を言上《ごんじょう》した武者は、信長に足蹴《あしげ》にされた。

「たわけ。毛利の船をいれるな」

信長の怒声が、そのまま海上補給路封鎖の下知《げち》となった。

三好《みよし》の一族である淡路《あわじ》島の安宅信康《あたぎのぶやす》が大将となり、十隻《せき》の大きな安宅船《あたけぶね》と三百艘《そう》の関船《せきぶね》が集められ、兵が乗り込んだ。

主力となったのは、ちかごろ信長に臣従したばかりの摂津《せっつ》、和泉《いずみ》、河内《かわち》の衆である。

七月、橋本一巴《はしもといっぱ》とその郎党《ろうとう》百人は、大鉄炮《おおでっぽう》をかついで摂津住吉《すみよし》の浜から安宅船に乗った。信長が指一本うごかすだけで、一巴の隊は、いちばん危険な場所に送り込まれる。

毛利の軍船が、木津川河口に向かっているとの報《しら》せが入っている。船が浜を出る直前、小舟から伝令が駆け込んできた。

「瀬戸内をやってきた毛利水軍は、摂津の海をいったん南下。雑賀《さいか》の船と合流いたしました」

「雑賀か……」

安宅信康の顔がこわばった。

「雑賀なら、敵に不足なし」

一巴は、大きくうなずいた。

人に憎しみなど、抱いたことはなかった。それでも、爆裂弾をつかう乱暴な殺戮《さつりく》は憎い。

——地獄へ堕《お》ちよ……。

と念じて、一巴ははっと気づいた。

殺戮をしているのは、いったいだれだ。地獄へ堕ちるべきなのは、いったいだれだ。門徒がなにをした。本願寺が尾張《おわり》を踏みにじったのか——。

首をふらざるを得ない。

彼らは、彼らの天地を守っているだけだ。殺戮しているのは自分たちにほかならない。

自分の手を見た。

爪《つめ》も指の節《ふし》も、玉薬《たまぐすり》で真っ黒に染まってべとついたままだ。手が黒く染まるたびに、人の命を殺《あや》めている。

一巴は、朝の淡い空を見上げた。

――どちらに大義があるのか。

そんなことは、考えても無駄な気がした。どちらに大義があろうがなかろうが、人間はいやおうなくその渦に巻き込まれてしまう。もはや、押しとどめることなどできはしない。

そんなことより、目の前の戦いだ――。

敵は南から来る。

安宅船には、高々と井楼《せいろう》が組み上げてある。井楼に登り、郎党たちに大鉄炮の筒先をならべさせて、一巴は海を睨《にら》んだ。

朝の海は銀色に光り、青空に入道雲が湧《わ》き立っている。南からの風が強い。敵にとっては追い風だ。

三百艘の織田水軍が、舳先《へさき》をならべて木津川河口を封鎖した。大きな安宅船は、百挺《ちょう》の櫓《ろ》をそなえ、百人の鉄炮衆、弓衆を乗せている。鉄炮、火箭《ひや》の用意は怠りない。

関船は四十挺の櫓で、船足が速い。敵の船に漕ぎ着けては手鉤《てかぎ》を投げて船端《ふなばた》を着け、乗り込んで敵兵を斬《き》り伏せる手はずである。

敵を待ちかまえた。

待つ。ひたすら待つ。戦いまでのこの時間は、けっして慣れることがない。

「あれでありゃあすか……」

金井与助《かないよすけ》が唇を舐めた。

白く霞《かす》んだ海の果てに、芥子《けし》粒ほどの点が見えている。

「戦《いくさ》になんど出ても、待つっちゅうのは、いやなもんでありゃあすな。帰りとうなるがや」

与助がめずらしく弱音を吐いた。

「それこそ生きている証《あかし》だ。嬶《かかあ》のことでも考えておれ」

「あや様ほどのべっぴんなら思い浮かべもしましょうが、うちの嬶では……」

首をふって笑った与助の顔が、いつになく虚《うつ》ろに見えた。

一巴は、まぶたの裏に嫁のあやを思い浮かべた。春に本願寺攻めにまわされてから逢《あ》っていない。あやの笑顔が淡く浮かんだが、海からの強い風に消し飛ばされた。

海を見つめた。

見つめているうちに、彼方《かなた》の点がしだいに大きくなった。

やってくるのは、船だが、乗っているのは怨嗟《えんさ》であろう。海いっぱいに、怒り、憎しみ、殺意が満ちあふれている。こちらも強い憎悪をもっていなければ、敵に玉を撃《う》ち込めない。

点が大きくなり、軍船の形が見えた。やがて、海いっぱいに大小の船がひろがった。

恐ろしいほどの数である。

「ありゃ、九州や伊予《いよ》からも来ておるわい」

船頭が、額に手をかざした。旗印はまだ見えずとも、海に慣れた男には、船の形でわかるらしい。

ざっと七、八百隻。しかも、船が大きい。

天下に渦を巻き起こして海を動かしたのは信長だと思っていた。

しかし、渦はひとつではなかった。西では西の渦が巻き起こっていた。毛利の巻き起こした渦は、海の民を巻き込み、大きくふくれあがっている。信長に対する恐怖と怨念《おんねん》が、対抗する勢力を糾合させたのであろう。ひとつ渦が巻き起これば、それに呑《の》み込まれまいとして別の渦が巻き起こる。合戦は渦と渦の鬩《せめ》ぎ合いだ。

すでに太陽が南に高くあがっている。風が強い。

毛利の軍船が、木綿の帆をたたみ、帆柱を倒した。

両舷《りょうげん》に突き出した櫓が、勢いよく海を叩《たた》き、正面から力強く進んでくる。海を叩く櫓の音が不気味だ。しだいに船影が大きくなった。

「いちばんは、わしだ」

一巴は、四百匁《もんめ》玉（一五〇〇グラム　口径六三ミリ）の大鉄炮をかまえた。

筒先を井楼櫓《やぐら》の欄干《らんかん》に載せて銃床に頰《ほお》をつけた。

——大きい。腹が立つほどでかすぎる。

毛利の軍船は、織田の安宅船よりひとまわりもふたまわりも大きい。どの船も、周囲を高く矢板で装甲している。

二町《ちよう》まで近寄ったところで、舳先の吃水《きつすい》を狙《ねら》った。

一発の銃声を合図に、大鉄炮がことごとく火を噴いた。雷神が海に舞い降りた。

すさまじい炸裂《さくれつ》音に、海と空が震えた。

海の上が煙で白く霞んだ。

風が煙を吹き飛ばしたとき、見上げるほど大きな船が間近に迫っていた。船足は衰えていない。つぎからつぎへと船がこちらにやって来る。

毛利水軍が、鉄炮を撃ちかけてきた。

玉は小さいが、頭上からの射撃で、こちらの矢板を飛び越え、正確に着弾する。水夫《かこ》や鉄炮衆が血を噴いてばたばたと斃《たお》された。

毛利の船が、そのまま悠然と進んできた。

織田の関船に真正面からぶつかってくる。

一巴のとなりの関船が、大きな音を立ててまっぷたつに割れた。毛利の大船にのしかかられるようにして、たちまち沈んだ。

関船が取りつこうにも、毛利の船は見上げるほどに高い。一巴の乗る安宅船でさえ、のぞき込まれる。

火箭が飛んでくる。

おびただしい数の火が、襲ってくる。

舷《ふなべり》、櫓、甲板など、あちこちで炎が燃え上がった。

毛利の大船が、一巴の乗った船に、舷側《げんそく》をつけた。船板が音を立てて軋《きし》む。

「いかん。気をつけろ」

一巴が叫んだとき、頭上から丸いものが落ちてきた。尾が火の粉を発している。

「炮烙《ほうろく》だがや」

叫んだ刹那《せつな》、すさまじい爆発音がとどろいた。

火柱が上がって甲板が吹き飛び、大きな穴が開いた。二個、三個と炮烙が落ちてくる。轟音《ごうおん》が耳をつんざく。船が傾いた。駆け寄った船頭が甲板の穴をのぞき込んで叫んだ。

「こりゃ、沈むわい」

「もたぬか」

「あほっ。逃げろ」

とたんに船がぐらりと傾いた。人が転んだ。積んであった荷が、みな滑った。

海に飛び込む用意もないまま、投げ出された。海の水が鼻から入った。白い泡のむこうで、人がもがきながら沈んでいく。

——与助だ。

一巴は手をのばした。腕をつかもうとしたが、腕がない。吹き飛ばされたのだ。甲冑《かっちゅう》の袖《そで》をつかんだ。そのまま引きずられるように沈んでいく。どうにもならない。こちらも甲冑を着ているので手足が思うままに動かせない。息が苦しい。

叫ぶにも叫べない。

力がゆるんだ。にぎっていた袖が、するりと離れた。沈んでいく。

沈んでいく。ふたりとも沈んでいく。

一巴は、脇差《わきざし》を抜いて自分の桶側胴《おけがわどう》の結び紐《ひも》を切った。兜《かぶと》の尾を切った。

なんとか自由がきいた。水の中を見た。はるか下に与助が沈んでいく。

脇差を口にくわえ、もぐった。与助を助けたい。

二度、三度、水を掻《か》いたところで耳が痺《しび》れた。鼻が痺れ、喉《のど》が痺れ、手が痺れた。脇差が口から落ちた。全身から力が抜けた。気が遠くなっていく。沈んでいるのか、浮かんでいるのか、泡だけがまとわりついている。

気がつくと、青空と太陽がまぶしかった。

なんども頬を叩かれた。

塩辛い水を吐いた。息ができる。

水面に浮上していた。

大きな船板が浮かんでいる。そこにせがれの道一が乗っている。一巴の小袖をつかみ、板に引きずりあげようとしている。

「親父《おやじ》。しっかりせんか」

息をしている。生きている。力は入らぬが、板の上で寝そべっている。

「負けじゃ」

せがれの声が、やけにしっかりと聞こえた。

見れば、あたりの海原に、船の破片や人が浮かんでいる。波に揺られている。

生きている者、死んでいる者。どちらもたいした違いはない。

織田水軍は、毛利水軍に打ちのめされた。

毛利の軍船は、大きさを生かして、頭上から炮烙や火箭をさんざんに浴びせかけた。

小さな関船では、とてものこと太刀打《たちう》ちできない。

砕かれ、焼かれ、ちりぢりになって逃げまどっている。

板に寝たまま波に浮かんでいると、八咫烏《やたがらす》の旗を立てた船がやってきた。

——孫市《まごいち》がいるか。

見上げたが、大船は白い波を切って、一巴のかたわらを通りすぎた。

二十九

敗軍の将が、安土《あづち》にもどった。

木津川《きづがわ》河口の海戦で、織田《おだ》の水軍は、毛利《もうり》水軍にさんざんな敗北を味わわされた。織田水軍をひきいた主だった大将たちはみな、船とともに摂津《せっつ》の海に沈んだ。

毛利水軍は、悠々と河口を通過し、本願寺《ほんがんじ》に兵糧《ひょうろう》を運び入れた——。

本願寺攻め総大将の佐久間信盛《さくまのぶもり》とともに、橋本一巴《はしもといっぱ》は安土山に登った。織田信長《のぶなが》に呼び出されたのである。戦況について下問されるだろう。

しばらく離れているあいだに、安土はすっかり変貌《へんぼう》をとげていた。山下《さんげ》に町が広がり、山のあちこちが削平《さくへい》されて、曲輪《くるわ》ができている。

山頂の仮御殿で拝謁すると、信長は月代《さかやき》を朱に染めていた。

「おまえには、知恵がないのか。それとも合戦をする気がないのか」

上段の間にすわった信長の声が低くひびいた。いつもの甲高《かんだか》い声より、いっそうの凄《すご》みがあった。開けはなった障子のむこうに、近江《おうみ》の野と湖がひろがっている。すでに空は秋の色で、蜻蛉《とんぼ》がたくさん飛んでいる。

「はっ。命に代えましても、大坂《おおざか》の地、奪取いたします」

信長の目が、獲物を見つけた鷹《たか》のように光った。

「毛利の水軍が、兵糧を運んでいるかぎり、本願寺は落ちぬ。どのように阻止する」

信盛が、喉《のど》を詰まらせた。

「知恵を絞りまして、なんとしましても……」

「どのように、と訊《たず》ねておる」

両手をついたままの信盛は、頭を上げることができない。気の毒なほどこわばっている。一巴をふくめ、ついてきた者たちは、身を硬くして後ろに平伏したままである。

「佐久間は、ちかごろ、茶の湯を好むそうだな」

「…………」

「好むか、と訊《き》いておる」

「はっ。いささか……」

「茶の湯はどうだ」

「はっ……、それは……」

「なんだッ」

「……おもしろうござりまする」

「どのようにおもしろい」

「…………」

「こたえよ」

激昂《げっこう》を押し殺した信長の声に、信盛がわずかに頭を上げた。

「……釜《かま》の湯がたぎるのを聞いておりますと、憂き世を忘れまする」

信長が立ち上がった。

「たわけ。おまえの仕事は合戦だ。茶の湯が好みなら、茶頭《さどう》にしてやる」

「いえ。茶の湯はもういたしませぬ。命に代えましても……」

「おまえの命などいらぬ。欲しいのは大坂だ。どうやって毛利水軍を防ぐ。その手だてを勘考せよ」

信盛は、尾張《おわり》で、古くから信長に仕える老臣だが、合戦の上手とはいいがたい。

すぐかたわらに立って見下ろす信長は、いまにも信盛を足蹴《あしげ》にしそうであった。

「大船を造りますれば……」

後ろに控えていた一巴が、平伏したまままつぶやいた。

「なんだ？　大船とぬかしたか」

信長が一巴の前に立って睨《にら》みつけた。

「さようにございます。毛利の安宅船《あたけぶね》より大きな船を、鉄にて装甲いたしますれば、さしもの毛利の軍船も、歯が立ちませぬ」

それは、たくさんの死人とともに海を漂っていたときに考えたことだ。

強い敵に勝ちたいなら、敵より強くなればよい——。

大きな敵に勝ちたいなら、敵より大きくなればよい——。

「機略、知略も大切でござるが、船戦《ふないくさ》においては、なによりも船の大きさがものをいいまする。こたびの合戦にて、それを痛感いたしました」

「鉄甲の大船か――」

信長が、顎《あご》をなでた。

この男の想像力は、人並みすぐれた飛翔力《ひしょうりょく》をもっているらしい。すでに脳裏には、造船から海戦までのさまざまな局面と、そこにおいて克服すべき課題が浮かんでいるにちがいない。

「毛利の水軍は八百隻《せき》もおる。さほどな数の鉄甲大船はそろえられぬぞ」

「敵船を眼下に見下ろす大きさならば、数はさしていりますまい。五、六隻もあれば、あいだに安宅船をいれて河口が塞《ふさ》げます。大船で、頭上から大鉄炮《おおでっぽう》と火箭《ひや》、炮烙《ほうろく》を浴びせれば、毛利の安宅船はひとたまりもなく燃え上がりましょう」

「ふむ」

信長がうなずいた。開け放した障子から、にお《ヽ》の《ヽ》海に目をやった。

信長は、三年前、この湖で、長さ三十間《けん》（五五メートル）、幅七間（一三メートル）、百挺櫓《ちょうろ》の大船を造らせた。大船はどうしても船足が遅い。信長は一度、それに乗って湖西を攻めただけで、それ以後はつかわなかった。

「船足などは遅くてもよろしゅうござる。河口に大きな鉄甲船が何隻か浮かべば、それが砦《とりで》となりまする。毛利の軍船を見おろすのが、なによりの大事」

一巴の進言に、信長がうなずいた。

「よし。大船を造らせる。だれがよいか……」

「船のことなら、九鬼《くき》がたけておりましょう」

鼻を鳴らした信長は、すぐに志摩《しま》の九鬼嘉隆《よしたか》を呼ぶように命じた。

「これで大坂が取れなんだら、おまえらの顔は二度と見ぬぞ」

信長の目が、信盛と一巴をするどく睨みつけていた。

三十

「紀州《きしゅう》を叩《たた》くしかない」

手強《てごわ》い本願寺《ほんがんじ》に業を煮やした織田信長《おだのぶなが》は、雑賀《さいか》攻めを宣言した。

木津川《きづがわ》海戦の翌年、天正《てんしょう》五年（一五七七）二月のことである。九鬼《くき》嘉隆《よしたか》に命じた大型鉄甲船は、まだできてこない。それには時間がかかるはずだ。

雑賀は、紀《き》ノ川《かわ》河口いったいの地域をさしている。雑賀衆は、そこに住む地侍の集団であった。早くから一向宗《いっこう》が広まっていたため、本願寺軍の主力となった。

孫市《まごいち》は、その領袖《りょうしゅう》である。

雑賀に向かった織田の軍勢は、五万とも十万ともいわれている。

雑賀衆は、最初、和泉《いずみ》の貝塚《かいづか》あたりまで進撃していたが、数ではるかに劣るため、全面対決を避けて紀州に退《ひ》きあげた。

信長はみずから和泉国の南のはずれ淡輪《たんのわ》まで出向いた。

和泉国にいた雑賀衆が撤退したので、織田の軍勢は、海側の浜手と山方と二方面に分かれて進撃した。

雑賀衆は、山や峠の守りやすい砦《とりで》で迎え撃《う》った。

各地の砦で激戦があった。

橋本一巴《はしもといっぱ》は、佐久間信盛《さくまのぶもり》の麾下《きか》に組み込まれ、風吹《かぜふき》峠を越えて、紀ノ川沿いの根来《ねごろ》に下った。

あたりの根来衆は、もともと雑賀衆と不仲だったこともあって、早くから信長の味方についていている。紀ノ川を往来する物資の利権で、雑賀とは敵対していたのであった。

根来寺から紀ノ川の北岸を下ったところで、佐久間の軍団は野陣を張った。

旧暦三月のことで、春の早い紀州では、とっくに桜の花が散り、葉が茂っている。やわらかい風に春の香がただよっている。

幔幕《まんまく》のうちで、一巴は火を焚《た》いた。

太い木の枝を入れると、火の粉が、月のない夜空に舞い上がった。

「佐久間殿は、ちと無理押ししとりゃあすな」

向かいの石にすわっているせがれの道一《みちかず》がつぶやいた。

このたびの紀州攻めで、老臣信盛は、なんとか信長の覚えを目出度《めでた》くしようと躍起である。手柄を焦り、かなり無理な攻め方をしているのが、痛々しいほどに見てとれる。

「御屋形《おやかた》様あってのわしらじゃ。そういうときもあろう」

「先手をうけたまわるわしらは、たまったもんではないがや。茶の湯などしとる暇があったら、とっとと石山《いしやま》を攻め落としておればよいものを」

「それができなんだのは、おまえもよく知っておろう。あんなどでかい城がすぐに落ちるはずがない」

「知恵が足りんのじゃ。わしなら、細作《さいさく》を放って、寺内町《じないまち》に火を付けさせる。そうすれば、いくら大きな石山本願寺といえども、一両日に落ちるがや」

一巴は首を横にふった。

「けっして焼くなと、御屋形様からのお達しだ」

御堂にせよ町家にせよ、建物があれば、その材木が活用できる。石山を信長好みの城に造り直すのは造作もない。半年もあれば、たちまち石山に壮大な城が築ける。

焼いてしまえば、また山で一から材木を伐《き》り出して運び、製材しなければならない。それにどれだけの手間がかかることか。

「ちっ。めんどうなことでや」

道一が舌を鳴らした。

「それにしても、わしらも、なんとか目立つ算段をしたいものだがや。親父《おやじ》殿の鉄甲船の戦略は、御屋形様もたいそうお気に召したごようす。それでも、手柄は九鬼のものとなる。わしらは、やはり鉄炮《てつぽう》のことで、なんとか踏ん張らねばなるまいの」

道一は、出頭《しゆつとう》を望んでいるらしい。同じ鉄炮放ちではあっても、いつのまにか、一巴とはちがう道を歩んでいる。

「どうでや、親父殿。あたらしい鉄炮の思案はないものか。一発で毛利の軍船が沈むほどの大鉄炮《おおでつぽう》を張り立てさせれば、御屋形様の御意にかなうであろう」

饒舌《じょうぜつ》なせがれに、一巴はちいさくうなずいた。

「そうだな。こんど工夫してみよう。そんなことより、すこし黙って夜風をたのしまぬか。春宵一刻……、なんとかと申すであろう」

「さような風雅は、鉄炮放ちにはいらぬこと。鉄炮放ちは、鉄炮のことだけ考えておればよいがや。けっ、親父は、変わったな。もうろくしたか」

あしざまに罵《ののし》られても、一巴は腹が立たなかった。

――合戦の修羅場をくぐりすぎたのか。

五十の坂を越えてから、一巴は物思いに耽《ふけ》ることが多くなった。

合戦で大勢の男たちが死んだ。弟の吉二《きちじ》が死んだ。三蔵《さんぞう》が死んだ。

志郎《しろう》が死んだ。郎党頭《ろうとうがしら》の金井与助《かないよすけ》が死んだ。橋本の郎党で死んだ者は数えきれない。

――よくぞ生きてこられた。

と、思いはするが、よろこびはうすい。

気がつくと、つい、死んだ者たちと語らっている。みな、いつも一巴のまわりにいるような気がする。

「わしは、ちょっと見回ってくる。根来の衆がいつ寝返るかもしれんがや。ようそんな気楽な顔をしておられるわい」

道一は、その場にいた郎党をひきつれて、幔幕から出ていった。

焚き火がはぜて、火の粉が舞い上がった。

あたりの野には、大勢の兵が休んでいる。火を焚き、交代で見張りに立っている。

一巴は、火を見つめた。

思うことは多かったが、なにも思わないようにした。

なにかを思えば、すべてが死んだ男たちに結びつきそうであった。

鼓《つづみ》の音が聞こえた。

かろやかに響いている。しだいに近づいてくる。

声が聞こえる。番卒とやりとりしている。幕を上げて、番卒が顔を見せた。

「猿楽師がたずねてまいりました」

「猿楽師……」

幔幕に入ってきたのは、銀之丞《ぎんのじょう》であった。

「これはこれは、お懐かしや。見覚えのある旗に心がときめきました。天下に名高き鉄炮大将橋本一巴殿の御陣ではございませぬか」

堺《さかい》ででも手にいれたのか、南蛮人《なんばんじん》の服を着ている。大きくひらひらした襟が夜目にも白い。四人の猿楽師を連れている。面をつけた男たちだ。女物の小袖《こそで》を着た男もいる。

「ひさしぶりだな。よう来た。酒でももてなしたいが、あいにくなにもない」

「なにをおっしゃいまする。戦陣のこと、もてなしなどご無用でござりまする。御退屈のおなぐさみに、今宵《こよい》は一座をひきつれての参上。橋本様のお顔を久方ぶりに拝ませていただき、この銀之丞、胸が震えておりまする。あいもかわらぬ、よい男ぶりでございますこと」

一巴は苦笑した。

「そう言われると、嘘《うそ》でもこそばゆいの」

「なんの、嘘などではございませぬ」

「ならば、世渡り上手《じょうず》というておこう」

懐から銀の粒を取り出すと、一巴は銀之丞に差し出した。

「なぐさみに、なんぞ舞いでも見せてくれ」

「今宵は、この銀之丞の振る舞いでございますよ」

焚き火に照らされた銀之丞が婉然《えんぜん》とほほえんだ。銀の粒は受けとらない。

「お気に召しますかどうか、古き歌などつかまつりましょう」

銀之丞が鼓を叩いて、艶《つや》のある声で歌いはじめた。

弥陀《みだ》の念仏いかばかり
喜び身よりも余るらん
われらは来世のほとけぞと
たしかに聞きつる今日なれば

聞いているうちに、一巴の背骨がこわばった。手が自然と腰の刀にかかった。鞘《さや》のまま腰から抜いて自分の前に立てた。右手で柄《つか》をにぎった。いつでも抜く気構えだ。

よりによって銀之丞は本願寺の門徒衆がよろこぶ歌を選んでいる。なにか、たくらみがあるのであろう。

歌にあわせて、翁《おきな》の面をかぶった男が前に進み出て踊った。猿楽師にしては、やけにからだが大きい。桜もようの女の小袖から太い腕がのぞいている。

熊野《くまの》の権現は
名草《なぐさ》の浜にぞ降りたまう
若《わか》の浦《うら》にし　ましませば
年はゆけども若王子《にゃくおうじ》

和歌浦《わかのうら》は、ほかでもない。古来歌枕《うたまくら》に詠まれた紀州雑賀荘の浜である。そこの若王子といえば——。一巴は銀之丞をにらみつけた。とんでもない男を、とんでもないところに案内してきたものだ。

「もう若くはなかろう。まあ、すわったらどうだ」

踊っていた男が翁の面をはずした。

雑賀の孫市《まごいち》である。怖い顔をしている。

「すわってなどおられるか。わしゃ、おまえを殺しに来た」

言い終わらぬうちに、後ろにならんでいた男たちが、腰の脇差《わきざし》を抜いて、一巴を囲んだ。

「おみゃあに殺されるなら本望でや。もっとも、ただでは死なんがな」

一巴は刀を引き抜くと、地を蹴《け》って孫市に飛びかかった。真っ向から斬《き》り下ろすと、孫市が鉄扇で受けた。火花が飛び散った。そのままぎりぎりと押した。頭のてっぺんから正中線を断ち割るつもりだ。

「待て待て、冗談《てんご》じゃ。本気にするなや」

孫市がうしろに飛び退《すさ》った。まわりの男たちは襲ってこない。まことに殺すつもりなら、もう殺されている。

「熊野の若王子が、織田の陣地に飛び込んできて冗談もくそもなかろう」

「いや。飛び込んできたのは、頼みがあったからじょ」

真顔の孫市が、一巴をまっすぐに見すえた。

孫市の本拠は、紀ノ川北岸の平井《ひらい》城である。

城と呼ぶほどの守りはなく、平地の居館である。一巴の片原《かたはら》一色《いしき》の屋敷と似たようなものらしい。万におよぶ軍勢に囲まれてはひとたまりもない。その前に逃げてきたのだという。

「どうじゃ。わしを助けろ。わしはまだ死ぬわけにはいかんら」

ここで一巴が一声あげれば、外の番卒が飛び込んでくる。すぐに人が集まる。殺すつもりなら、すぐに殺せる。縛り上げて信長にさしだせば、一巴の手柄は第一等であろう。

一巴は、孫市を見すえた。敵陣に逃げ込んできたというのに、まるで気負いがない。むしろ追い詰められたことを愉快にたのしんでいるらしい。

「おみゃあは、自分の城が落ちたというに、つらくないのか」

「あほ。城のひとつやふたつで挫《くじ》けてたまるか。わしゃ、雑賀のみなを助けねばならん」

「しかし、もはやどうにもならん。雑賀には織田軍が満ち満ちておる」

一巴のことばに、孫市がうすく笑った。

「わしは、おまはんを殺しとうないゆえに、教えて進ぜよう。わしらが、なぜ雑賀の奥に逃げ込んだかわかるか」

「十万の軍勢が押し寄せてきたからであろう」

「なんの手だても策もなしに、ただ逃げ込んだと思うか」

一巴は黙した。根来衆や、雑賀荘の東をとりまく三緘《みからみ》の衆が織田軍に寝返ったとはいえ、それはつい先日のことで、情勢はかなり不安定だ。石山本願寺が健在ないま、紀州の敵地の奥深くに入り込む危険は重々承知している。根来も三緘の衆も、すべてが信長に従っているわけではない。情勢がかわれば、すぐにまた寝返るだろう。

「毛利《もうり》の軍船が来る。貝塚に兵をたくさん降ろす手はずになっておる。淡輪における信長は、背後を突かれて逃げ場を失う。そうなれば、紀州に攻め込んだおまはんらは袋の鼠《ねずみ》ら」

「はったりをぬかせ」

「船はもうこちらに向こうておる。数日後には到着しよう」

それがはったりでないにしても、どのみち織田軍は紀州に長居はできない。大軍勢の兵站《へいたん》が足りぬし、後方の石山の情勢が不安定すぎる。長居をすればそれだけ力を消耗する。

「おまはんらには兵糧《ひょうろう》が足りぬであろう。織田にわたしてはならんと命じて、すべて山に隠させたゆえにな」

そのとおりであった。織田軍の食糧は後方から荷駄隊が運んでいるが、和泉から紀州へは山をひとつ越えねばならない。山中で襲われて前線にとどかないことがしばしばだ。

「なにが望みだ」

一巴がたずねた。

「和議《あつかい》ら。わしらも、おまはんらに、雑賀に長居されては迷惑至極。決着は石山でつけるら」

「それでは、御屋形様がうなずくまい」

「かたちなどなんでもかまわぬ。わしらが降伏したことにしてよい。とっとと出ていってくれ。女こどもがこれ以上殺されてはたまらぬわい」

紀州に攻め入ってからすでにひと月ちかくがたつ。

雑賀衆は、じつによく戦っている。雑賀荘の外堀となる雑賀川の底に、桶《おけ》や甕《かめ》を埋めて、渡渉《としょう》する兵馬の足をすくい、そこに鉄炮を撃ちかけている。川岸に柵《さく》が設けられているので、浜手から攻めた者が、岸に上がれず苦戦していると聞いた。

膠着《こうちゃく》した戦線に業を煮やした信長の軍勢は、女やこどもでもかまわずに斬り捨てている。

「誓紙《せいし》は書けるか」

「そんなもの、いくらでも書いてやるら」

一巴は、孫市を見すえた。

そこに立っているのは、一人のあたりまえの男であった。嫁と子と自分の住む土地を守る男が、なんのけれんもなく立っている。

いつわりなどしようのない姿である。

「よかろう。御屋形様に取り次ぎいたす。かたちはおみゃあらの降伏になるが、よいな」

一巴は念を押した。

「かまわぬ。恩に着るぞ」

孫市は翁面をかぶると、鉄扇をひろげて舞いはじめた。

よろずの仏の恩よりも
むかしの友ぞ頼もしき
枯れたる草木もたちまちに

花さき実なるがありがたや

孫市は、栗村三郎《くりむらさぶろう》、嶋本左衛門《しまもとさえもん》ら、自分をふくめて雑賀荘の七人の頭《かしら》が連署した誓紙を差し出した。石山本願寺には、二度と荷担せぬとの約定である。

信長からは、七人の頭にあてて朱印状が出た。

忠節を尽くせば赦免する――。

それで約束されたのは、しばらくの平穏にすぎないが、いずれ反故《ほご》になると双方が知りつつ書いたにしては、二枚の紙が果たした役割は大きかった。

一巴は、孫市の生き方を、いささか見直した。

三十一

伊勢大湊《いせおおみなと》で建造された六隻《せき》の鉄甲船が、堺《さかい》の湊にやってきたのは、雑賀《さいか》攻めから一年以上たった秋の初めである。

「どえりゃあ船じゃな」

初めてその船を見た橋本一巴《はしもといっぱ》は、心底、肝の冷えるのを感じた。人間というのは、戦いのこととなれば、思いもつかぬものを造り上げるものだと感心した。

「とてものこと、人が造ったとは思えぬがや」

せがれの道一《みちかず》も、口を開けたまま眺めている。

「わしも、ここまでどでかい船を造るとは、思うておらなんだ」

なにしろ、五千人が乗れると称する巨艦である。実際はそんなに乗れないが、それでも目にした印象は、そこらの砦《とりで》より、よほど大きく堂々としている。しかも黒々と頼もしい。

六隻の鉄甲船にくわえ、伊勢の滝川一益《たきがわかずます》が建造した大船一隻が、色とりどりの幟《のぼり》や旗を立てて湊に入ってくると、堺の町は、祭の騒ぎとなった。

九鬼嘉隆《くきよしたか》が、満々の自負をもって、船上に織田信長《おだのぶなが》を迎えた。

「いかがでござろう。御屋形様《おやかた》が勘考なさっただけあって、さすがの船でござる」

嘉隆が信長をもちあげた。

「上出来だ」

信長でさえ、息を呑《の》んでいる。

陸から眺めても巨大だったが、実際に乗ると、さらに大きさと頑丈さが実感できた。信長は、船のあちこちを、拳《こぶし》で叩《たた》き、装甲の堅牢《けんろう》さに唸《うな》っている。

「紀州《きしゅう》沖で、雑賀の船に囲まれましたが、なにほどもなく追い払いました」

「さもあろう」

嘉隆の話では、鉄甲船が紀州沖にあらわれると、雑賀をはじめとする浦々から、数百艘《そう》の船が集まって攻撃をしかけてきたという。

「とうていこの船の敵ではありませぬ」

はるかに高い舷《ふなべり》から大鉄炮《おおでっぽう》を撃《う》ち下ろすと、関船《せきぶね》の甲板から船底まで貫通したという。

「二、三発も撃ち込むと、雑賀の関船はあえなく沈みました。撃ちかけられた鉄炮や火箭《ひや》は、ことごとくはじき返しました」

「頼もしいかぎりよ」

信長の機嫌がよい。

「重いので、船足は遅うござる」

船体はもとより、舷《ふなべり》の矢板や櫓《やぐら》まで鍛鉄《たんてつ》の板で被っているため、重量はとびきり重い。

しかし、悠揚と迫るすがたは、敵に恐怖をあたえるだろう。その効果は大きい。

鉄甲船を見ようと湊には大勢の見物人が集まっている。

信長は、ちょうど堺にいた耶蘇《ヤソ》会宣教師のオルガンティーノをつれてきた。

オルガンティーノは鉄甲船そのものに驚いたが、搭載してある大筒にさらに目を瞠《みは》った。

「見たことのない形の大きな筒です。日本で造りましたか」

金襴《きんらん》の陣羽織を着た信長は、目を光らせた。

「この筒こそ、わしの天下布武《ふぶ》そのものである」

それは、堺の湊で、たったいま積んだばかりの大鉄炮だ。信長に命じられた一巴が、国友藤兵衛《くにともとうべえ》とともに寝食を忘れて工夫を重ね、ようやく張り立てたとてつもない筒であった。

飛ばす玉は一貫目（三・七五キログラム）。
口径は二寸八分（八・五センチ）。
筒先から銃床の芝引《しばひき》までの長さは五尺に足らず、ふつうの細筒より
わずかに長いばかり。
南蛮船が積んでいるフランキ砲ではない。引き金をひいて火縄を落
とすふつうの火縄式なのだが、筒がとてつもなく太いのである。
なにしろ、一貫目玉を飛ばすには、玉薬《たまぐすり》を三百匁《もんめ》（一一二五グラ
ム）詰める。
それだけの火薬が一瞬に燃焼して炸裂《さくれつ》しても破裂しないだけの頑丈
な筒である。だから、とびきり太くて重い。
見た目には、ほとんど丸太である。

重量が十三貫（約四九キログラム）。

すさまじい爆発力が、一貫目の玉をかるく二十町《ちょう》（約二キロメートル）飛ばす。

一巴は、これを頬付《ほおづ》けにかまえて立ったまま放つ。そのために鍛錬をかさね、膂力《りょりょく》を鍛えた。古傷が痛むことも、もうない。

一町の距離で試し撃ちをすると、八寸厚の檜《ひのき》の板を貫通した。穴の周囲は、砕けてしまう。船体ならば、浸水を止めるのは不可能だ。

「放って見せよ」

玉薬を詰め、転がり落ちないよう、一巴は玉を布で包んで押し込めた。

「あれを狙《ねら》え」

信長が、革の笞《むち》でさした海原に、老朽船が浮かんでいる。

白い帆に「南無阿弥陀仏《なむあみだぶつ》」と大書してある。

距離にして三町ばかり。

「みごと沈めよ」

見物人が大勢いる。ここで大鉄炮の威力を見せつけておけば、本願《ほんがん》寺《じ》から門徒衆が逃げ出すだろう。

ずっしりと重い大筒を、一巴は頬付けにかまえた。とてつもない重量が左腕にのしかかる。ぴたりと腋《わき》を締め、左腕はただ支えの杖《つえ》として使う。

目標は大きい。目当ての先に吃水《きっすい》をとらえた。

ゆっくりと息を吐き、吐ききったところで、引き金を静かにしぼった。

大音響がとどろき、重量のある鉄甲船がゆらりとゆれた。音も煙も匂《にお》いも、とびきりすさまじい。あまりにも大きな音に、船の者はみな身をちぢこめた。

一巴は踏ん張って、なにごともなかったように立っている。射撃の反動で大鉄炮が後ろに弾《はじ》けて飛ぶが、腕でそれをうまく逃がす術《すべ》は、すでに身につけている。

だれもが、海原のむこうの老朽船を注目した。

なんの変化もない。大音響で鳴きやんだ鷗《かもめ》たちが、しばらくしてまた鳴きはじめた。

そよ風が吹いて、沖の老朽船が、ゆっくりと傾いた。

「すさまじい筒です。すごいです」

背の高いオルガンティーノが、驚きの声をあげた。

老朽船は、ゆっくりと傾いて沈んだ。

「南無阿弥陀仏」の帆だけがしばらく海上に浮いていたが、やがてそれも引きずり込まれるように沈んでしまった。


六隻の鉄甲船と一隻の大船が、木津川《きづがわ》河口を封鎖した。

このころの木津川は、幅十町ばかり。岸の湿地には葦《あし》が茂り、干戈《かんか》を交える戦場には不向きであった。

川幅が広いので、守るのはむずかしい。

これまで、三好康長《みよしやすなが》がいかに水軍を増やしても、雑賀や毛利《もうり》の小舟は自由に出入りして、兵糧《ひょうろう》を運び込んでいた。

「一艘たりとも通すな」

信長の下知《げち》によって、川には一町おきに鉄鋼船が浮かべられ、そのあいだを数百の、安宅船《あたけぶね》と関船が塞《ふさ》いだ。

つねに警戒を怠らず、闇《やみ》の夜は、篝火《かがりび》を焚《た》いて不寝《ねず》の番を立てた。

毛利の兵糧船は、沖から河口に入ることができず、諦《あきら》めて引き返すしかない。

「しかと守れ」

鉄甲船を見て安心した信長は、京《きょう》にもどった。

「来るぞ。明日は、雲霞《うんか》のごとく船が押し寄せるであろう」

鉄甲船に乗り込んでいる一巴には、ちかごろ不思議な力が目ざめた。船の物見櫓から、白く霞《かす》む海の彼方《かなた》をながめていると、そのむこうでなにが起こっているのか見えてくるのである。いや、見える気がしてくる。

「みょうなことを口にするなや」

道一などは、気味悪がっているが、このあいだから、一巴の予感ははずれたことがない。

——明日は、南から関船が二十艘。

といえば、たしかにそんな数の船が、南からやってくるのである。

なぜかは、自分でもわからない。

「なぜわかる?」

嘉隆に訊《たず》ねられて、一巴の頭にみょうなことが浮かんだ。

「世の中のことは、みなつながっておるでな」

「どういうことであろう」

「されば、こちらで引き金をひけば、あっちで人が死ぬ……ということか」

嘉隆は首をかしげた。そんな説明では、わからぬのが道理だ。

「本願寺は生きたい。毛利も生きたい。御屋形様は御屋形様で、やはり生きたい。世の中は、そんな気持ちの鬩《せめ》ぎ合いでや。こっちが押せば、そっちが退《ひ》く。すべて理にかのうておる。本願寺の腹の減り具合と、毛利や雑賀の米倉のなかをおもえば、何隻の船が来るかは、おのずと見えてくる」

それ以上、嘉隆は訊ねなかった。

――ほんとうは、死んだ者たちが教えてくれる。

それが口にできずみょうなことを話したが、それもあながち違っているとは思えない。

難波《なにわ》の海に、冷たい風が吹いている。

海を見つめて風に吹かれていると、死んだ者たちの声が、風にまじって聞こえてくる。

みんな生きたかったはずなのに、死んでしまった。

死んでしまえば、地獄も極楽もないであろう。とりとめなく広がる海と空のように、なんの感興もないところで、霞《かすみ》になってしまうのだ――。

そんなことばかり、考えている。

十一月六日の朝、夜が白むと同時に、物見が大声を張り上げた。

「船だ。毛利の水軍だ」

飛び起きた者たちは、灰色に霞む海を見て、肝をつぶした。

まさに雲霞のごとき大艦隊が、洋上に浮かんでいる。

寒風のなかを、ゆっくりと迫ってくる。

その数の多さは、身の毛がよだつほどである。

「六百隻――。六百隻おります」

物見が、そうさけんだのは、夜が明けてから、一刻《いっとき》もたってからだ。

そのときには、もう、かなりの近さに迫っていた。

「引きつけろ。引きつけてから放て」

大鉄炮の衆に、一巴はそう下知した。

一貫目の大鉄炮が、三挺《ちょう》ある。ほかは、四百匁、二百匁の筒だ。厚い船板を撃ち貫いて沈没させるには、至近距離からの射撃が大切な条件となる。

「来たぞ。そろそろか」

道一がつぶやいた。先頭の安宅船が、二町ばかりに近づいている。

「まだだ。確実に一発で沈めるには、もっと近づけるがよい」

一巴が口にした直後、毛利の船から鉄炮の音がとどろいた。

こちらの船に、正確に当ててくる。櫓の鉄板にできたへこみを見れば、五十匁玉、百匁玉の筒である。そんな大きな玉でも、鉄甲はへこむだけでびくともしない。

「まだか」

「まだだ」

道一がなんどもたずねたが、そのたびに、一巴は首をふった。敵の玉は容赦なく飛んでくる。なにしろ敵は数が多い。そのまま突っ込んでくる。

「よし。放て」

一巴がつぶやいたのは、水夫《かこ》の顔が、はっきりと見える距離になってからだ。

一貫目玉の筒をかまえた一巴は、足を踏ん張って狙いをつけた。首の骨を何度も鳴らした。

――南無マリア観音。

その祈りに、意味はない。ただの口癖である。

とてつもない炸裂音がひびきわたって、毛利の安宅船に大きな穴が開いた。

「撃て。撃て。撃て。撃て。撃て」

道一が声をかぎりにさけんだ。

鉄甲船の大鉄炮が、火を噴いた。よりすぐりの鉄炮衆が、玉を毛利の船に浴びせかけた。

海の上に地獄があらわれた。

毛利方もやられるばかりではない。

鉄炮、火箭、炮烙玉《ほうろく》を、さんざんに放ってくる。

鉄甲船は、鉄炮の玉を通さない。火箭が立たない。炮烙が炸裂しても、大きな痛手にはならない。

「見よ、見よ。わが船は頼もしいかぎり。ぞんぶんに撃ち果たせ。一艘も入れるな」

嘉隆が大声でさけんでいる。

九鬼の大船を見て、三好の安宅船、関船が力を得た。

毛利の船に漕ぎ寄せては飛び移り、船上で斬《き》り合っている。

十発ばかりも一貫目玉を放つと、一巴は筒を置いた。

「どうした。疲れたか」

道一にたずねられて、一巴は首をふった。

「いや。もう、わしの放った玉で、千人殺した。もうよかろう」

初めて鉄炮を放ってから、すでに三十年余り。そのあいだに何人撃ち殺したか。もう数など数えられない。

一町むこうで倒れた敵が、本当に死んだのか、助かったのか。そんなことはわからない。それでも、一巴の放った玉で千人目の男が死んだ——。

そう、風が教えてくれていた。

一巴の下知で、死んだ敵は、いったい何千人になることか——。

道一が、憐《あわ》れむ目で、一巴を見ている。

「もうろくしたな」

一貫目玉の筒を立てて玉を込めると、道一は筒先を舷《ふなべり》にのせて、毛利の船を狙った。

ゆっくりと引き金をしぼると、雷鳴がとどろいた。

その音が、一巴の耳には、そよ風ほどにしか響かなかった。

ちかづいた毛利の水軍は、船腹に大きな穴を開けてことごとく沈んだ。

六隻の鉄甲船はびくともしない。

かってあれほど織田を苦しめた毛利の軍船は、沈むか、逃げ去るかした。

午《ひる》にはもう、雷鳴はとどろかなかった。

河口の封鎖は完璧《かんぺき》だった。石山《いしやま》本願寺の兵站《へいたん》補給の路《みち》は完全に閉ざされた。

それだけの船で封鎖してもなお、巨大な石山御坊を外部からすっかり遮断することは不可能であった。夜陰にまぎれれば、徒歩《かち》や小舟で入り込むのはむずかしいことではない。

本願寺の新法主教如《ほっすきょうにょ》と一門連枝《れんし》、僧侶《そうりょ》、門徒衆が、朝廷の斡旋《あっせん》を受け入れて石山を退去したのは、それから二年後の秋である。

三十二

「まぬけめ。大まぬけめ」

京《きょう》から川舟で大坂《おおざか》にくだってきた織田信長《おだのぶなが》は、石山《いしやま》の岸に降り立つと、目を剥《む》いて怒り狂った。

あたりは一面の焼け野原である。

丘のうえに残っているのは、ただ黒々と焼け残った柱ばかりで、まともに壁や屋根の残っている建物は、ひとつも見あたらない。

石山本願寺《ほんがんじ》は、つい十日前、雑賀《さいか》や淡路《あわじ》島から迎えに来た数百の船に乗って、数万の人間がいっせいに退去した。ただの一人として人は残っていないはずだった。

退去の日の夕刻、無人の伽藍《がらん》から火の手が上がった。

西風にあおられて、甍《いらか》をつらねた巨大な堂宇と町家のことごとくに火が移った。燃えて、燃えて、燃えて、燃え尽きた。広大な石山の丘にあったおびただしい数の建物のすべてが灰燼《かいじん》に帰した。御堂も僧房も、町家も櫓《やぐら》も門も、みな焼けて灰になってしまった。

火は三日三晩燃えてもなお、熱と煙を出しつづけている。あたりに余燼《よじん》が燻《くすぶ》っている。

火事場を検分にやってきた信長は、出迎えた佐久間信盛《さくまのぶもり》に目をつり上げた。駆け寄って足蹴《あしげ》にした。地に倒れたところを、なんども蹴った。蹴り続けた。

「申し訳ありません」

足蹴にされた信盛は、泣いている。すでに五十をいくつも超えた、白髪の男である。尾張《おわり》時代からの老臣が、衆目の前で蹴られている。

——老人にむごいこと。

うしろで片膝《かたひざ》をついていた橋本一巴《はしもといっぱ》がそう思った瞬間、信長の怒声が飛んできた。

「おまえはなにをしておった」

信長の怒りが、こんどは一巴に向かった。

「申し訳ありませぬ」

一巴は地に平伏した。平伏しているところを、蹴り上げられた。仰《あお》向《む》いて転がると、脇腹《わきばら》を蹴られた。背中といわず腹、頭、顔、かまわず蹴りつけられた。

「ええい、その面が憎らしい」

平伏しなおして頭を下げると、また蹴られた。

「能なしは、とっとと消えろ」

気短で怒りっぽい信長だが、これほどに怒りをあらわにしたのは初めて見た。それだけ、この城に執着《しゅうじゃく》があったのであろう。材木が焼けてしまっては、築城に何年かかるかわからない。だからこそ、信長は、けっして焼くなと念を押していたのだ。

数万人が居住していた広大な寺内町《じないまち》である。佐久間の軍勢が、いくら念をいれて警備していても、隙《すき》はいくらでもある。退去を望まない門徒衆が、火をかけたにちがいなかった。

「気にくわぬのか」

土下座をしている一巴の肩が不満を語っていたのかもしれない。

一巴は、また信長に蹴られた。詫《わ》びも反論もする気はない。黙って蹴られていた。

ふっと、頭を上げたとき、丘の上の焼け跡に、男の姿が見えた。

鉄炮《てっぽう》をこちらに向けてかまえている。

筒先が信長を狙《ねら》っている——。

残党が隠れていたのだ。

「ご無礼ッ」

一巴は、信長に飛びかかった。転んだ信長に、そのままのしかかって倒れ込んだ。

荒涼たる焼け跡に、銃声が響きわたった。

同時に、鉄の弾《はじ》ける音がした。

桶側胴《おけがわどう》の背中に強い衝撃を受けた。息ができない。

「捕えろ」

馬廻衆《うままわり》が叫んで、馬が駆けた。人が走った。

一巴はまだ動けない。

「ええい、重い」

信長の怒声で、馬廻の武者たちが、一巴を引き起こして転がした。

一巴は胸が苦しくてしょうがない。

「くずめ」

言い捨てた信長が、足早に歩きはじめた。

とにもかくにも、石山を見回るつもりらしい。どんな障害があろうと、ここに城を築かねば、信長の天下布武《ふぶ》構想は完成しない。信長の思考は、どんな最悪の状況からでも、上を向いて駆け出すようにできているようだ。

信長と馬廻衆が姿を消して、せがれの道一《みちかず》が、一巴を抱え起こした。

「だいじょうぶか」

「ああ、たいしたことはなかろう。胴を脱がせてくれ」

紐《ひも》をほどいて桶側胴をはずすと、背中に大きな窪《くぼ》みがあった。なかに十匁《もんめ》の玉がめり込んで止まっている。もうすこし強ければ、鉄板を貫いて命がないところだった。

「まったく、運の強い親父《おやじ》殿だ」

一巴は首をふった。

「強くもあるまい。御屋形《おやかた》様に、とうとう見かぎられた」

「いまさらそれを言うか。これまでなんど御屋形様に見かぎられ、追い出された。そのたびにまた取り立てられてきたではないか」

「いや……」

一巴は、首と腕をまわした。背中が痛い。肩胛骨《けんこうこつ》に罅《ひび》がはいったかもしれない。

「わしはもう終わりにしよう。これからは、おまえが仕えるがよい」

道一が、しげしげと一巴を見ている。

「あほらしい。わしとて、許してもらえるものか。親父殿と同罪であろう」

一巴は首をふった。

「いや。おまえが仕えるのではない。おまえの炮術《ほうじゅつ》が仕えるのだ。一巴は許されずとも、橋本の炮術は許してもらえる。鉄炮の張り立てや玉薬《たまぐすり》の調合、射撃術にも、わしは、それだけの工夫を積んできた。それをおまえに伝えてきた。とりあえずは、安土《あづち》にいる母者をつれて、片原《かたはら》一色《いしき》に帰れ。しばらく謹慎してから、佐々《さっさ》に頼め。御屋形様に取りなしてくれるだろう」

「親父……」

「行け。わしといっしょにいてはならぬ」

せがれがためらっている。

「炮術師は、人を殺すのが仕事だ。命を奪うのが仕事だ。だがな……」

一巴は腰のまわりをさぐった。水をいれた竹筒はどこかに落としたらしい。

せがれが、竹筒をさしだした。一巴は喉《のど》を湿《しめ》した。

「殺すばかりが仕事ではない気がする。わしには、見つけられなかったが、道はあるだろう。おまえがじぶんで探せ」

懐から、ぼろぼろになった漢籍を取り出した。孫子《そんし》である。

「これをくり返して読め。わしが種子島《たねがしま》で会った海賊が教えてくれた本だ。海賊ではあったが、見上げた男だった。国を追われた海の男たちのために、新しい国をつくろうとしていた。そんなことができるのかどうか、わしにはわからぬ。ただ、やろうとする男を、わしは偉いと思うた」

明《みん》の官憲に捕えられた王直《おうちょく》は、やはり殺されたと聞いた。それももうずいぶん昔の話だ。

うながすと、せがれが書物を受けとった。

「もう行くがよい」

せがれは、まだ、考えている。

「わしのことは心配するな。ここで、まだすることがある。それにな、御屋形様は、いずれまたわが炮術が入り用になる」

せがれがうなずいた。唇を舐《な》めて、歩き出した。

ふり返って、こちらを見た。

「親父殿」

「………」

「わしは、おみゃあさまを、誇りに思うておりましたぞ」

一巴はうなずいた。せがれを追い払うように、手の甲をふった。

頭を下げて、せがれが走った。一巴が手をふると、郎党《ろうとう》たちも深々と頭を下げてから、あとを追った。

しばらくそのまますわっていたが、一巴は、白い小袖《こそで》の襟をなおして立ち上がった。もう、胴をつける気にはならなかった。

鉄炮道具一式は身につけていた。

秋のなかばで、風が気持ちよかった。

佐久間の一党は、すでにどこかに姿を消した。

老臣の信盛にしてみれば、これ以上ない恥辱であろう。ただ炮術のことだけで仕えていた一巴とは、家格も知行《ちぎょう》もまるでちがっている。

彼らがどうするのか、一巴にはわからない。

——尾張……。

そこになにか忘れ物をしている気がした。

片原一色の館《やかた》には、ひさしく帰っていない。留守番に年寄りの郎党を置いているだけだ。

嫁のあやは、安土のちいさな屋敷にいる。

せがれの道一は、きっとうまくあやをつれだして、片原一色に帰るだろう。そこでしばらくおとなしくしていれば、信長の勘気はとけるだろう。織田の軍団には、橋本の炮術が必要なのだ。むやみと取り潰《つぶ》しもすまい。

できるなら、片原一色で、また、あやと暮らしたかった。あの嫁は、よくできた嫁だ――。

一巴は、あやの顔を思い浮かべた。いつもやわらかく微笑《ほほえ》んでいる女だ。

ふっと、甘い匂《にお》いがした。

――あやの匂いだ。

首をふった。

未練だと思った。幻にきまっている。
一巴には、まだなすべきことがある。
焼け跡を眺めた。
ここで暮らしていた人々は、信長を怨《うら》んでいるだろう。
大勢の人間を殺した。
天下万民のためだったはずの鉄炮が、けっきょくは民を傷つけた。
いちばん高い丘に立って、一巴は空を見上げた。
秋の青空に、白い雲がたなびいている。
——すまぬ。
だれにともなく、あやまらねばならぬ気がした。
目を下に向ければ、あたりは一面の焼け野原だ。くすぶって煙臭い。

一巴は、手の匂いを嗅《か》いだ。

硫黄《いおう》の匂いがした。人を殺した匂いだ。

しばらく空をながめていた。

風に吹かれていれば、すこしは気分がよかった。


「おおい、一巴かぁ」

遠くで声がかかった。聞き覚えのある声だ。

丘の下に、男が立っている。

目を凝らして見つめた。

大きな男だ。待っていた男だ。

「孫市《まごいち》か」

「おう。さっきは、よくも邪魔をしてくれたな。あんな真似《まね》をするのは、おまえしかおらぬと思うて、ずっと隠れて見張っておったら。おかげで煙臭《くそ》うていかん」

「けっ、おみゃあの鉄炮が下手《へた》なだけじゃ。もそっと、稽古《けいこ》すりゃあええが」

「あほぬかせ。おみゃあが、邪魔をせんけりゃ、信長の命、もろうておったら」

「そりゃあ、無念じゃったの」

笑いがこみ上げてきた。なぜかおかしくて、声をあげて笑った。

「元気がええのぉ」

雑賀孫市は、丘の下にいるまま、上がってはこない。

「元気だけは、いつもええがや」

孫市がしばらく黙った。焼け跡に風が吹いている。

「よくも、雑賀の孫市を、こけにしてくれたのぉ。そんなに信長に忠義面《づら》がしたいか」

忠義もなにも、あるものか——。一巴は思ったが、説明するには遠すぎた。

「鉄炮は持っておるかぉ」

「あたりまえじゃあ」

「ただ撃《う》ち取ってもよかったが、おまえとは古い知り合いゆえ、声をかけた。鉄炮で勝負せぇ」

また、笑いがこみ上げてきた。いや、おもしろい。それこそ、鉄炮放ちの生き甲斐《がい》だ。

「ええがや」

すぐに鉄炮をかまえた。腰の入れ物から火縄を取り出し、息を吹きかけた。塩硝の匂いが、とても懐かしく感じられた。

孫市も、鉄炮をかまえている。

距離は、百五十歩。

一巴は、目当てで、孫市の顔をとらえた。

懐かしい男だ。孫市が首を左右に曲げて骨を三度鳴らした。

「ええかぁ。ひの、ふの、みぃで放てよ」

一巴も首を曲げて、三度骨を鳴らした。

「承知ッ」

一巴は短く答えた。
「ひぃの、ふうの、みぃッ」
孫市のどら声が、青空にひびいた。
刹那《せつな》、轟音《ごうおん》が鳴りわたった。
一巴は、空に向けて玉を放った。孫市を殺す気にはなれなかった。
左の胸に巨石がぶつかるほどの衝撃をうけた。灼《や》いた鉄の棒を刺されたように熱い。
胸から背中に向けて、火が燃えている。
熱はそのまま、全身を駆けめぐった。
鼓動とともに、胸から熱い血が噴き出していく。
気が遠くなる。

仰のけに倒れた。
空の青さが、目にしみた。雲の白さが、目にしみた。
熱が冷えていく。鼓動が消えていく。そのまま、すべてが闇《やみ》に閉ざされた。

【参考文献】

『火縄銃』所荘吉著　雄山閣出版
『砲術家の生活』安斎実著　雄山閣出版
『長篠・設楽原の戦い』小林芳春編　吉川弘文館
『倭寇——商業・軍事史的研究』太田弘毅著　春風社
『世界銃砲史（上）』岩堂憲人著　国書刊行会
『石臼&粉体工学』三輪茂雄氏のホームページ

※その他、多数の研究、論文を参照させていただきました。
日本前装銃射撃連盟の皆様には、たいへんお世話になりました。篤くお礼申し上げます。

解　説

高橋千劔破

応仁《おうにん》の乱（一四六七年）に始まる戦国の動乱は、四分の三世紀を経て（一五四二年）なお、混迷の度を深めていた。ところが、そのころ、尾張国《おわりのくに》に彗星《すいせい》のごとく現われた一人の戦国大名が流れを変える。織田《おだ》信長《のぶなが》である。

さらに、信長の登場と軌を一《いつ》にして、まさにエポックメーキングな出来事が起こる。鉄砲伝来だ。鉄砲が登場したことによって、それまでの弓槍《ゆみやり》や刀を中心とした戦術・戦法は大きく変わる。訓練された騎馬武者や弓の名手あるいは刀槍を縦横に振るう荒武者が、足軽の操作する一挺《いっちょう》の鉄砲に敵《かな》わないのだ。

信長は、その鉄砲にいち早く目をつけ、戦いに利用することによって戦国レースから抜きん出た。戦国最強をうたわれた武田《たけだ》の騎馬軍団を、鉄砲足軽の部隊が破った長篠《ながしの》の戦いは、戦国史に名高い。だが、信長がいつからどのようにして鉄砲を使用し出し、また誰《だれ》がどのようにして信長の鉄砲部隊を率いたのか、詳しいことは判《わか》っていない。長篠の戦いにしても、三千挺の鉄砲の三段撃《う》ちなど、実際に行なわれた戦法かどうか疑問が多い。とはいえ、信長が戦国史にその名を現わし始めた時期は、鉄砲が国内で量産され始めたころであり、信長がその鉄砲を巧みに利用して戦国の世を勝ち抜いて行ったのはまちがいない。

本作は、織田信長の鉄砲の師であり、織田家の鉄砲衆の頭《かしら》であったという橋本一巴《はしもといっぱ》の物語である。天文《てんぶん》二十三年（一五五四）の信長の村《むら》木砦《きとりで》攻めから書き起こし、天正《てんしょう》八年（一五八〇）信長が十一年に及ぶ本願寺《ほんがんじ》との戦いにやっと勝利し、大坂《おおざか》の地を手中にしたところで終る。その間、橋本一巴は、鉄砲隊を率いて数々の武功をあげたにもかかわらず、ことごとに信長に疎《うと》まれ、ついには追放されてしまう。念願の大坂石山《いしやま》本願寺を手中にしたものの、建造物の多くを焼失してしまったことの責任を取らされたのだ。一巴は、永年の好敵手《ライバル》であった紀州雑賀《さいか》の鉄砲隊を束ねる孫市《まごいち》と一対一で対決し、波瀾《はらん》の生涯を閉じた。

もちろん、以上の一巴に関するストーリーは作者の創作《フィクション》だが、背景の歴史は史実に沿っており、ストーリーも史実と矛盾がない。それだけでなく、鉄砲伝来の経緯、鉄砲の国内製産地と流通の問題、火薬の原料である塩硝（硝石）の輸入経路と国内製産についてなどを随所にちりばめ、読みごたえのある本格的な戦国歴史小説に仕上げている。

鉄砲そのものは、日本の刀鍛冶《かたなかじ》などの技術ですぐに国産品が登場し、やがて量産されるようになるが、塩硝は輸入に頼らざるをえなかった。原料の硝石が日本には産しないからだ。鉄砲を何百挺揃《そろ》えようと、火薬がなければ無用の長物にすぎない。火薬の主成分となる塩硝を、戦国大名たちはどのようにして輸入したのか、また人工的に生成できなかったかなど、従来この問題に関しては見過ごされることが多かった。現在は、小田原北条《おだわらほうじよう》氏が塩硝年貢の上納を命じた文書などもあって、戦国末期には国内でも塩硝が生産されていたことが判っている。

作者はそうしたことも見逃さず、塩硝の生成についてを物語に織り込み詳しく語る。これまで、鉄砲について記した小説は数多いが、火薬生成の国内での過程を語った小説は、本書が初めてではなかろうか。

作者の山本兼一は、二〇〇八年下半期の直木賞を『利休《りきゅう》にたずねよ』で受賞したばかりだ。一九五六年、京都生まれの京都育ち、大学も同志社《どうししゃ》大学で、現在も京都に住む。デビュー作は二〇〇二年に出版された長編歴史小説『戦国秘録　白鷹伝《はくようでん》』。織田信長に仕え天下一の鷹匠《たかじょう》と称された小林家鷹《いえたか》（家次）の物語だ。山本兼一が作家としての第一歩を印したのは、九九年、小説NON創刊百五十号記念短編時代小説賞の佳作となった「弾正《だんじょう》の鷹」で、『白鷹伝』は「弾正の鷹」が下敷となっている。いずれにせよ四十代の半ばに差しかかってのデビューで、いわば遅咲きであるが、大学卒業後に出版社に勤め、その後フリーライターとしてのキャリアがあり、満を持してのスタートであったといえる。

二〇〇四年に出版した『火天《かてん》の城』で、山本は松本清張《まつもとせいちょう》賞を受賞し、注目を浴びた。安土《あづち》城を築いた棟梁《とうりょう》岡部又右衛《おかべまたえ》門以言《もんもちとき》と以俊《もちとし》父子の物語である。続いて二〇〇六年に出版したのが『雷神の筒』で、すなわち本作だ。『白鷹伝』に始まるこの三作には共通項がある。それぞれの主人公が、いずれも信長に仕えたテクノクラートであるという点だ。しかも共に、極めて史料が乏しい。乏しいというより史料の中にチラチラと垣間《かいま》見《み》えるだけの人物だ。山本は、鷹狩りの歴史や鷹匠の技、建築史や番匠《ばんしょう》の技術、鉄砲伝来の背景や歴史的な火薬生成の方法などを丹念に調べて、各主人公たちに血を通わせ心を与えて甦《よみがえ》らせることに成功した。

その後山本兼一は、戦国ものから離れ、江戸の刀工を扱った『いっしん虎徹《こてつ》』や、『千両花嫁――とびきり屋見立て帖』『狂い咲き正宗《まさむね》――刀剣商ちょうじ屋光三郎』などを書くが、二〇〇八年に至って『利休にたずねよ』を書き、戦国時代へと戻った。

山本は大学で美学及び芸術学を専攻しているが、信長・秀吉《ひでよし》に仕え京で死んだ利休を描くことは、小説家を志した当初からのテーマであったろう。だが、「利休と秀吉」に関してはこれまで多くの先行作品があり、手が出しにくいところだ。しかし山本はあえて挑み、自らの視点で堂々と利休の美を追究して、直木賞を得た。本望であろう。

さて、『雷神の筒』に戻ろう。

橋本一巴に関しては、史実という点になると、ほとんど不明といっていい。愛知県稲沢市《いなざわ》の片原一色町《かたはらいしき》に、現在はその跡も定かではないが、戦国時代には片原一色城があった。応永《おうえい》年間（一三九四〜一四二八）に南朝に属した武将の橋本伊賀守《いがのかみ》が築城したと伝えられ、江戸初期の元和《げんな》元年（一六一五）に廃城となるまで、八代百八十年間続いたという。その五代目に橋本一把（一巴）という者がおり、織田信長の鉄砲師範をつとめ、その子の六代道一《みちかず》は、豊臣秀吉が朝鮮に出兵したとき、鉄砲頭として従軍したという。

信長の祐筆《ゆうひつ》だった太田牛一《おおたぎゆういち》が記した『信長公記《しんちようこうき》』にもほんの数ヵ所その名が見えるが、どのような人物かは、はっきりしない。最初の登場は、天文十七年（一五四八）ごろ、「橋本一巴を師匠として鉄炮御稽古」という一行である。信長が、美濃《みの》の斎藤道三《さいとうどうさん》の娘を嫁に迎えたものの、人目をひく派手な出《い》で立ちと粗暴なふるまいで「大うつけ」と呼ばれていた時代だ。天文二十三年の村木砦を攻めたとき、信長が陣頭指揮して「鉄炮取りかへ〳〵放させられ」た様子を「公記」は記すが、橋本一巴の名は見えない。その後しばらくしてまた「鉄炮御稽古、師匠者橋本一巴にて候《そうろう》」の一行が見えるが、いつのことかははっきりしない。

唯一、一巴の具体的な行動が記されているのは、永禄《えいろく》元年（一五五八）浮野《うきの》合戦のときだ。七月十二日、岩倉《いわくら》織田家の弓の名手林弥七郎《はやしやしちろう》と、弓と鉄砲で一騎討ちし、相討ちとなったという記事である。このとき弥七郎の放った矢は、一巴の「脇《わき》の下へふかぐと射立て候」という。一巴の放った弾丸も弥七郎を撃ち貫いた。直後に弥七郎は首を取られているが、一巴についてはどうなったか記されていない。その後は「公記」に登場しないので、相討ちで果てたのかもしれない。

だが、橋本一巴がここで死んでは、物語が続かない。本書では、重傷は負ったものの一命は取りとめたとする。物語の最後に、一巴と雑賀孫市の鉄砲による決闘シーンが登場するが、ラストシーンを盛り上げるために思いつきで創作したわけではない。一巴が好敵手に対して堂々と一対一の勝負を挑む、あるいは受けるという性格《キャラクター》は、史料に基づいたものなのだ。もっとも、それ以外の一巴の人物像は、すべて作者山本兼一の創作だ。片原一色の城と橋本一党を守るため、信長に嫌われながらも一所懸命たらんとする一巴、鉄砲の名手であることの誇りとは裏腹に、大量殺戮《さつりく》兵器である鉄砲への疑問、信長とは相容《い》れない鉄砲に対する考え方の溝、一方で雑賀孫市に対する強烈なライバル心と、その裏に芽生えた友情……と、作者は縦横に一巴を羽ばたかせ、読者を史実と虚構の狭間《はざま》に引き込んでいく。さらに、先に述べたように、鉄砲伝来と国内での生産と流通、輸入塩硝の奪い合いと国内生成についてなどを、物語の中に溶け込ませて飽きさせない。

ところで、鉄砲伝来に関しては、種子島《たねがしま》領主の種子島久時《ひさとき》が、江戸初期に薩摩《さつま》の大龍寺《だいりゅうじ》の僧文之玄昌《ぶんしげんしょう》（南浦《なんぽ》）に依頼して編纂《へんさん》した『鉄炮記』によって、よく知られている。同書によれば、天文十二年に種子島に来着した中国船に乗っていた三人のポルトガル人によって、初めてヨーロッパの鉄砲が伝来した。その威力に驚いた島主の種子島時尭《ときたか》が大金をいとわずに二挺を譲り受け、家臣に命じて火薬の調合の方法を学ばせる一方、島の鍛冶数名に命じて模造させた。銃尾を塞《ふさ》ぐネジの製法が判らなかったが、翌年再びやってきたポルトガルの鉄匠に学び、八板金兵衛清定《やいたきんべえきよさだ》という鍛冶が国産の鉄砲製造に成功した。翌年には種子島で早くも数十挺の鉄砲を製造したという。日本の技術力は驚くべきもので、その後、堺《さかい》の商人橘屋又三郎《たちばなやまたさぶろう》（鉄炮又《てっぽうまた》）によって堺に製法が伝えられ、さらに近江国友村《おうみくにとも》など、国内で量産されるようになる。

『信長公記』の記事を信ずれば、先述のように天文十七年には橋本一巴が信長に鉄砲を指南《しなん》しており、その普及の早さには驚くべきものがある。

なお、当時の火縄銃の最大射程は二百メートルぐらい、有効射程は四、五十メートルぐらいであったという。先込めで、撃つのに手間がかかったように思いがちだが、一分間に四、五発は射撃可能である。長篠の戦いで三列に並んで入れ替わって撃ったというが、重い装備一式を持っていちいち前後三人が入れ替わるより、一人が腰を据えて撃った方がはるかに効率がいい。一分間に四、五回、前後で入れ替わるなどは不可能だ。

作者もその辺りのことは充分判っていて、従来の長篠の戦いとは一味ちがう合戦の模様を展開する。ともあれ、山本兼一が久し振りに登場した骨のある実力派の歴史小説家であることはまちがいない。五十代の前半はまだ若い。今後、歴史の中からどのような物語を紡《つむ》ぎ出してくれるのか、大いに楽しみである。

本書は、株式会社集英社のご厚意により、集英社文庫『雷神の筒』を底本としました。但し、頁数の都合により、上巻・下巻の二分冊といたしました。

雷神の筒　下

(大活字本シリーズ)

2023年5月20日発行（限定部数700部）

底　本　集英社文庫『雷神の筒』

定　価　（本体3,300円＋税）

著　者　山本　兼一

発行者　並木　則康

発行所　社会福祉法人 埼玉福祉会

埼玉県新座市堀ノ内3—7—31　〒352—0023

電話　048—481—2181

振替　00160—3—24404

印刷製本所　社会福祉法人　埼玉福祉会 印刷事業部

ISBN 978-4-86596-569-8

大活字本シリーズ発刊の趣意

現在，全国で65才以上の高齢者は1,240万人にも及び，我が国も先進諸国なみに高齢化社会になってまいりました。これらの人々は，多かれ少なかれ視力が衰えてきております。また一方，視力障害者のうちの約半数は弱視障害者で，18万人を数えますが，全盲と弱視の割合は，医学の進歩によって弱視者が増える傾向にあると言われております。

私どもの社会生活は，職業上も，文化生活上も，活字を除外しては考えられません。拡大鏡や拡大テレビなどを使用しても，眼の疲労は早く，活字が大きいことが一番望まれています。しかしながら，大きな活字で組みますと，ページ数が増大し，かつ販売部数がそれほどまとまらないので，いきおいコスト高となってしまうために，どこの出版社でも発行に踏み切れないのが実態であります。

埼玉福祉会は，老人や弱視者に少しでも読み易い大活字本を提供することを念願とし，身体障害者の働く工場を母胎として，製作し発行することに踏み切りました。

何卒，強力なご支援をいただき，図書館・盲学校・弱視学級のある学校・福祉センター・老人ホーム・病院等々に広く普及し，多くの人人に利用されることを切望してやみません。